KB073900

예술하는 습관
The Habit of Art

예술하는 습관
The Habit of Art

앨런 버넷
Alan Bennett

고영범 옮김
장종완 그림

〈예술하는 습관〉은 명동예술극장 제작으로
2011년 6월 21일~7월 10일 명동예술극장에서 공연되었다.
한국 초연 창작진 및 출연 배우는 다음과 같다.

작	앨런 버넷
번역	고영범
연출	박정희
조연출	이재호
드라마투르그	정수진
무대디자인	여신동
조명디자인	김창기
의상디자인	김경인
작곡·음악감독	김기영
분장디자인	이동민
소품디자인	김혜지
영상디자인	신성환
음향디자인	최환석

캐스트

피츠	이호재
헨리	양재성
케이	오지혜
도널드	민복기
닐	백익남
매트	한동규
조지	김태우
팀	김기범
톰	김기영
찰리	박창균

작가 서문

오든이 크라이스트 처치[1] 부지 안에 위치한 브로이하우스[2]로 돌아온 1972년 무렵 나는 이미 옥스퍼드를 떠난 지 오래된 후였다. 설령 만날 기회가 있었다 하더라도 그에게 말을 걸어볼 배짱은 전혀 없었을 것이다. 나는 1955년 즈음에 엑서터 칼리지 홀[3]에서 처음으로 그의 목소리를 들었다. 내가 앉아 있던 학생 테이블의 끄트머리는 교수들이 식사를 하는 주빈석에서 불과 1, 2미터 떨어져 있었는데, 나는 거기서 들려오는 거칠고 꽥꽥거리는 음성의 주인이 누구인지도 모르고 옆에 앉아 있는 친구한테 꼭 악마의 목소리 같다고 말했다. 나보다 뭘 좀 알고 있던 한 친구가 그 목소리의 주인공이 오든이라는 사실을 알려주었다. 오든은 그때만 해도 금발에 가까운 머리카락이 남아 있었고, 얼굴은 써레질을 당하기 전이었다.[4]

당시에는 오든의 시를 많이 읽었던 것 같지는 않다. 설령 읽었다 해도 이해를 하지도 못했겠지만. 그 이듬해 오든이 시학 교수로 오면서 취임 기념 강연을 했는데, 나는 모종의 의무감에서 그 강연에 참석했다. 별다른 이유는 없었고, 오든이 일종의 유명인사라는 사실을 알고 있었기 때문이다. 나는 그 당시에 작가가 되겠다는 생각을 여전히 품고 있었다(게다가 난 그 단어를 항상 굵은 글씨로 생각하고 있었다). 나는 오든이 작가로서 혹은 어떤 식으로든 시에 헌신하는 삶을 살기 위해 자신이 미리 준비했던 것들에 대해 대략 이야기해주는 걸 듣고 적잖이 실망했다. 좋아하는 책들은 차치하고, 소위 필수 목록이라는 것조차 과거의 이상적인 풍경으로만 보였다. 보격과 운율 분석에 관한 지식, 그리고 (이게 결정타였는데) 아이슬란드의 전설을 향한 열정 따위들이 그랬다. 만약에 글을 쓴다는 게 이런 종류의 것들에 대한 장비검사를 통과해야 하는 거라면 난 포기하는 게 좋을 터였다. 오든의 요지는 (그리고 이 말을 상당히 여러 번 반복했다) '다들 나처럼 하라'는 것이었는데, 그런 건 남에게 별로 도움이 안 되는 작가들이 자신들의 일에 대한 질문을 받았을 때 자주 하는 말이다. 물론 이 새로 온 시학 교수처럼 그렇게 겉으로도 드러나는 확신과 권위를 가지고 말하는 이들은 별로 없었지만 말이다. (중략)

1973년에 오든이 사망했을 때, 내게는 그의 죽음이 시

문학의 상실—시는 이미 죽어가고 있었다—이라기보다는 지식의 상실이라고 여겨졌다. 오든은 그 자신이 도서관이었는데, 이제 그 도서관 안에 들어 있던 모든 것들—읽을거리, 분류, 그것들의 조합—이 그 위대한 목록 작성자, 잿빛의 거한과 함께 사라져버린 것이다. 오든은 자기가 알고 있는 것들의 상당 부분을 강의나 서평의 형태로 쓰고 출판했지만, 그것들 말고도 얼마든지 더 있었다. 그의 사망과 거의 동시에 쏟아져 나온 회고록과 시인 자신의 기억, 그가 했던 말들, 그의 삶에 관한 증언들뿐만 아니라 그가 대화과정에서 내뱉은 지혜의 편린들—그리고 무지함들까지—을 수습해보려는 시도들에 이르기까지 말이다. (중략)

오든이 옥스퍼드에 온 1972년 무렵, 브리튼은 마지막 오페라 〈베니스에서의 죽음Death in Venice〉을 쓰는 일에 상당한 진전을 이룬 후였다. 오든은 브리튼보다 여섯 살 위였는데, 두 사람 모두 건강상태가 좋지 않았다. (중략)

브리튼과 오든의 작품들은 두 사람의 생애보다 고상했다. 오든은 이렇게 썼다. "진짜 예술가들은 좋은 사람들이 아니다. 그들의 최선의 감정들은 작품으로 가고, 실제 삶에 남은 것은 찌꺼기뿐이다."

〈예술하는 습관〉은 단순한 형식을 차용하고 있지만 쓰

는 일이 수월하지는 않았다. 왜냐하면 오든과 그의 생애, 브리튼과 그의 생애, 그리고 두 사람이 예전에 같이 했던 작업들에 대한 상당히 많은 정보들이 관객들에게 전달되어야 했기 때문이다. 벌써 거의 반세기 전에 만든 〈비욘드 더 프린지Beyond the Fringe〉를 돌이켜보면, 젊은 날 내가 느끼던 감정들을 브리튼에게 상당히 많이 투사했다는 걸 실감하게 된다. 당시 나는 브리튼이 오든과 공동작업을 하던 때보다 약간 더 나이가 든 상태이고, 오든에 비해 결코 뒤지지 않을 정도로 위압적인 동료들에 맞서서 도전적인 자세로 공동작업(이것은 한편으로는 경쟁이기도 했다)에 덤벼들어야 했다. 두 사람이 함께했던 작업을 돌아보는 장면(공연을 올릴 때 잘려나간 또 다른 부분)에서, 브리튼은 오든을 따라잡기 위해 음악적인 부분 외의 것에 대해서도 관여해보려고 절박하게 시도했던 일을 기억해낸다.

"그 당시에는 영화의 쇼트나 시퀀스에 대해서 심사숙고한 후에 생각을 정리해서 오곤 했는데, 결과는 별로 좋지 않았어. 알겠지만, 와이스턴[5]은 내가 뭔가를 먼저 생각해냈다는 걸 받아들일 수가 없는 사람이었어. 자기가 이미 생각하고 있던 걸 내가 일깨우기라도 했다는 듯이 '아, 그래' 그러고 말지. 와이스턴한테는 뭘 말해도 그저 기억을 상기시켜주는 것일 뿐이야. 그렇지 않은 경우에는, 와이스턴은 남의 아이디어를 재빨리 파악하고는 자기 걸로 만들어버려… 그리고 그건 단순한 아이디어 정도가 아냐. 몽땅 다야. 와이스턴은 아이슬란드에 간 첫 번째 사람이었어. 그거 알고 있었나? 그리고 아메리카 대륙을 발견한 것도 크리스토퍼 콜럼버스가 아냐. 와이스턴이지."

나는 이 대사가 브리튼이 오든과 맺은 예전의 관계에 대한 제대로 된 평가라고 생각하는데, 이건 내가 1960년에 했던 경험을 상기시키는 것이기도 하다. 그래서 브리튼은 동정하기 어려운 경우들도 꽤 있지만, 내가 적어도 오든보다는 더 동일시하게 되는 인물이다.

브리튼에게 있어서 검열이란 아주 익숙한 것이었고, 브리튼한테 항상 붙어 있는 검열관은 절대로 쉬는 법이 없었다. 무대 검열 자체가 내가 처음 작품을 발표한 1968년에 폐지되었기 때문에 그것으로 인해 심각한 불편을 겪은 적은 없다. 불편을 겪기는커녕, 내 경우에는 검열 폐지로 인해서 희곡작가의 무기가 상당히 줄어든 것 같아 매우 유감이다. 검열이 있을 때에는 말할 수 있는 것과 없는 것 사이에 선이 분명히 있었고, '작가가 얼마나 노골적으로 나갈 수 있을 것인가' 하는 관심 때문에 그 선에 가까이 갈수록 긴장이 높아졌더랬다. '저 사내들이 입을 맞출 것인가, 아니면 저 여자들이 서로를 애무할 것인가?' 하는 따위 말이다. 검열이 폐지되고 나자 극작가들은 스스로 긴장을 만들어내야 하게끔

되었다.

작가는 가끔 자기가 쓴 걸 보고 놀라는 경우가 있다. 희곡이건 소설이건, 시작할 때에는 그 작가의 예전 작품과 아무런 관계도 없는 것처럼 보이지만, 작품이 진행되어가는 동안 혹은 그 작품을 마무리 짓고 나서 한참 지나서 보면 자신이 예전에 썼던 작품들과 주제나 등장인물 같은 면에서 연계되어 있다는 게 드러날 수도 있다. 이번 작품은 다 끝마칠 무렵에서야 스튜어트, 그 콜보이가 내 두 번째 작품 〈겟팅 온Getting On〉에서부터 등장하기 시작한 어떤 존재의 연속선상에 있다는 걸 알게 되었다. 이 존재는 항상 비슷한 성격을 가진 인물로 드러나지는 않는데, 〈겟팅 온〉에서는 자기가 사람들 바깥으로 밀려나 있다고 느끼는(그리고 섹스가 사람들에게로 다가가는 통로라고 생각하는) 젊은 목수 '조프'로 등장했다. 그런가 하면 이 인물은 〈오래된 나라The Old Country〉에서는 스튜어트와 비슷한 종류의 불만을 가진 또 다른 불쌍한 젊은 사내 '에릭'으로도(또 〈하워즈 엔드Howard's End〉에서는 '레너드 배스트'로) 등장했다. (중략) 이런 식의 반복에 대해서는 부끄러워해야 마땅할 텐데, 이게 내가 어찌 해볼 수 있는 문제라면 진심으로 부끄러워할 것이다. 하지만 이 인물들은 뒷문으로 슬쩍 들어오거나 아니면 아예 다른 인물인 것처럼 변장하고 들어왔다가—스튜어트처럼—자기가 하고 싶은 말을 하거나 다른 이들의 인정을 받기 위해 자기 주장을 펼치기 시작하는 순간에야 본모습을 드러내기 때문에, 그제서야 나는 초대하지 않은 손님이 와 있다는 사실을 다시 깨닫게 되는 것이다.

이쯤되면 나는 이 인물이 어떤 존재인지 알고 있어야 마땅하겠지만, 별로 자신이 없다. 이 존재는 옥스퍼드에서 맞닥뜨린 학문의 세계 앞에서 당황하고 있던 젊은 시절의 나 자신인가? 내가 처음으로 썼던 희곡 〈지난 40년간Forty Years On〉에 등장했던 젊은 배우들 중 한 사람인가? 인생을 낭비해버렸을까 봐 걱정스러운 이들, 아니면 그런 역을 맡고 싶어서 여러 해 동안 계속 오디션에 찾아왔다가 실망스럽게 돌아가야 했던 수많은 젊은 배우들 중 한 사람인가?
(후략)

* 작가 서문에서 발췌 수록했다.

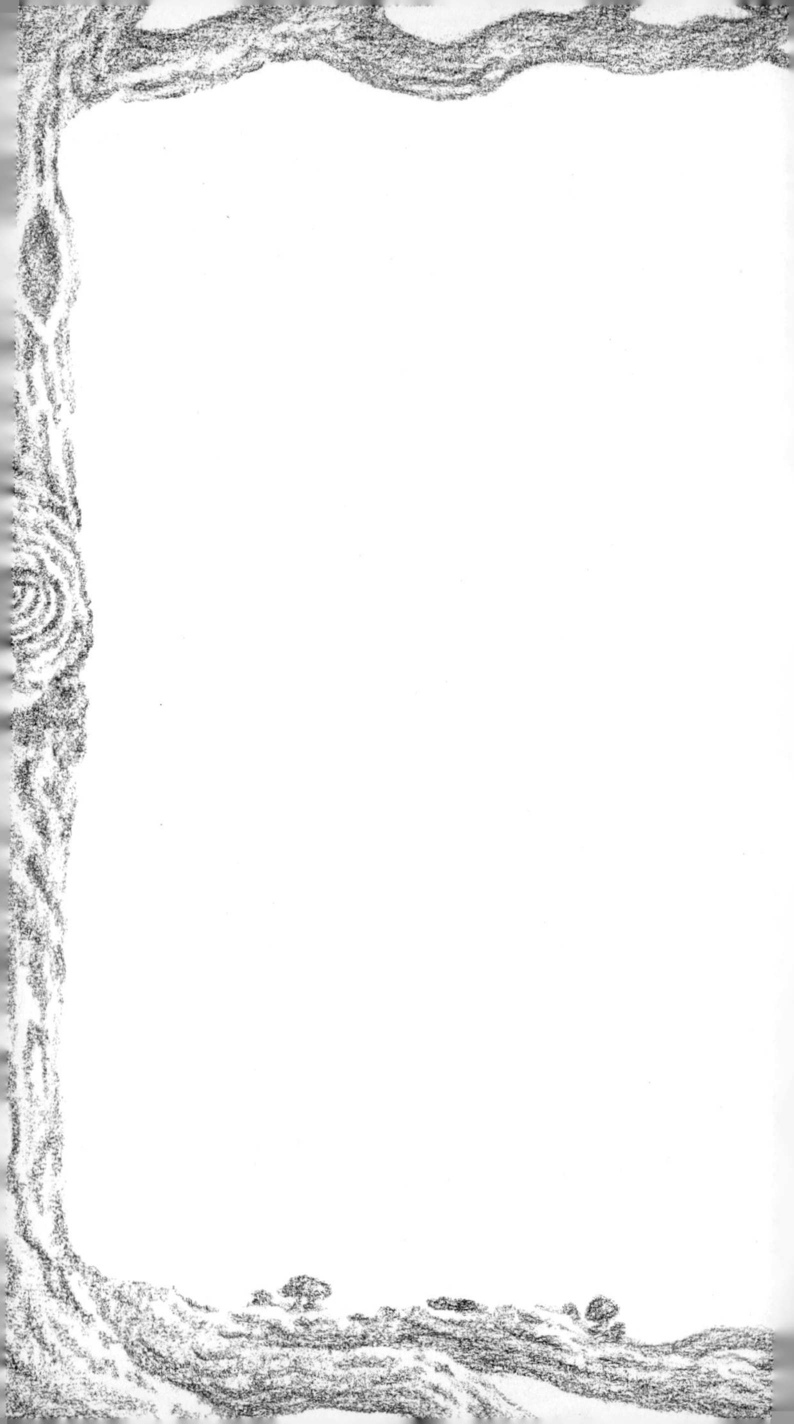

차례

등장인물

피츠... W. H. 오든: 시인

헨리... 벤저민 브리튼: 작곡가

도널드... 험프리 카펜터: BBC 기자, 전기 작가

팀... 스튜어트: 콜보이

찰리... 소년: 가수

브라이언... 보일: 오든의 사환

페니... 메이: 중년 여성

★

작가: 닐

무대감독: 케이

무대조감독: 조지

매트: 음향기사

톰: 리허설 피아니스트

랄프: 의상 담당

조앤: 찰리의 보호자

★

거울

의자

침대

문

시계

주름살 1

주름살 2

문장

음악

1부

★

오후. 국립극장[6]의 커다란 연습실. 옥스퍼드대학교 크라이스트처치에 속한 브로이하우스 실내 모습이 갖춰져 있다. 이 집은 1972년에 W. H. 오든을 위해 숙소로 제공된 곳이다. 편하게 앉을 수 있는 의자가 두어 개 있고, 어질어진 싱크대가 있다. 책 더미며 종이 뭉치들이 바닥에 발 디딜 곳 하나 없이 여기저기 쌓여 있다. 방 안은 한 마디로, 엉망이다. 이 방 뒤쪽으로 높은 곳에 그랜드피아노가 놓여 있는 또 다른 무대. 무대조감독인 조지가 소품들을 확인하고 있을 때, 험프리 카펜터를 연기하는 도널드가 들어와 무대조감독에게 무어라 중얼거린다. 무대조감독은 대사를 일러주기 위해 도널드의 대본을 받아 든다.

카펜터 (머뭇거리면서) 나는 위대한 인간들의 결점에 대해 듣고 싶은 겁니다. 그 사람들의 두려움과 실패에 관해서. 그 사람들이 가진 비전이라든가, 그 사람들이 세상을 어떻게 바꿨는지에 대해서는 벌써 충분히 들었습니다. 우린 그 사람들의 어깨 위에 올라서서 우리 자신의 삶을 바라보고 있는 겁니다. 그러니, (도널드 입장에서) …뭐죠?

무대조감독 (대사를 읽어준다) '그러니 이제…'

카펜터 그러니 이제 헛된 것들에 대해 이야기해봅시다. (말을 빨리 하기 시작한다.) 공허함에 관한 한 전문가인 이 사람은 노벨상의 유력한 후보라는 평을 듣지만, 여전히 다른 것들도 독차지하고 싶어합니다. 그 극작가는 예민한 나머지, 세계 반대편에서 느끼는 고통까지도 느낄 수 있습니다…. 그러면, 그런 사람이 자기 옆집의 고통에 대해서는 왜 귀를 막고 있을까요? 어….

무대조감독 '자신의 겸손함을 자랑스러워하는….'

카펜터 예. 자신의 겸손함을 자랑스러워하는 이 사람은 매우 드물다고 하는 인터뷰를 자주 허락하곤 합니다. 그 인터뷰들에서 자기에 대한 찬양은 다 모아들이고, 신용을 얻고 있는 다른 사람들은 다 발가벗겨버리죠. 예술가들은 그들의 인간다움 때문에 칭송을 받는데, 알고 보면 거의 인간이라고 보기 어려운 경우가 대부분입니다.

무대조감독 연출 선생님이 이거 다 잘라낸 줄 알았는데?

도널드 그러셨죠…. 그건 뭐, 저도 상관없는데요. 근데 다만 저, 그 부분이 이 연극에 꼭 필요하단 느낌이 든단 말예요. 무슨 말인지 아시겠어요?

무대조감독 아, 그래.

배우들이 천천히 들어온다. 무대감독인 케이가 연극 〈칼리반의 날〉[7]의 무대를 정리한다. 피츠(오든을 연기할)는 60대이고, 헨리(브리튼을 연기할)는 그보다 약간 젊다.

피츠 오늘 오후에 내가 담배 피우던가?

무대조감독 피츠 선생님 오늘 오후에 담배 피우시나요?

케이 내일. 그렇게 하기로 했잖아요.

피츠는 카펫용 실내화를 신으면서 인상을 쓴다.

피츠 해볼 가치는 있지.

도널드 오든의 전기에 관한 내 대사는….

케이 (손짓으로 도널드를 밀어내며) 지금 셋업하는 중이야, 자기야.

팀(스튜어트를 연기할)이 자전거를 끌고 들어온다. 헬멧을 쓰고 스판덱스 옷까지 갖춰 입었다. 팀은 옷을 갈아입는다. 이십대다.

팀 안녕하세요.

이제 닌텐도에 온통 정신이 팔린 찰리(열 살 된 아이)와 조앤(찰리의 보호자), 매트(음향기사), 그리고 톰(리허설 피아니스트)이 들어선다.

케이 (이런 모습을 보는 게 처음이 아니다) 페니만 빼고 다 왔네.

피츠 아. 페니가 없군.

케이 브라이언도요. 둘 다 체호프 낮 공연에 들어가 있어요.

피츠 페니가? 본 기억이 없는데.

무대조감독 잠깐 나와요.

케이 페니 건 내가 읽을게요. 헨리 선생님, 보일 역 읽어주실 수 있어요?

헨리 할게.

케이 그리고 조지!

무대조감독 예!

케이 나머지 다.

무대조감독 아, 좋죠!

피츠 그렇게 하면 다 되겠군. 그런데 페니가 없으면 케이크도 없단 말이야. 그건 대체 왜 그런 거야, 헨리.

톰 (피츠에게) 커피 드실래요?

피츠 하필이면 왜 제일 작은 역을 맡은 사람이 연습 때 케이크를 들고 오냔 말이야?

헨리 그 사람들은 아직은 인간이라서 그런 거 아닐까요?

피츠 근데 말이야, 난 극장에서 평생 지냈지만 한 번도 케이크를 들고 온 적이 없어요. 다비실에 가면 다들 그런단 말이야, 저 인간은 한 번도 케이크를 가지고 온 적이 없어. 저 사람 〈코리올라누스〉에 나왔었지. 노 케이크. 〈헨리 4세〉 1부, 2부, 3부에 다 나왔었지. 그때도 노 케이크. 〈생일 파티〉에도 나왔었지. 여전히 노 케이크.

무대감독 책상에 있는 전화가 울린다.

케이 (수화기에 대고) 여보세요…? 리즈요!

피츠 내가 이 극장에서 첫 작품에 출연했을 때는 하늘색으로 칠하고 나왔어. (사이) 고대 영국인 역이었지.

케이 몰라, 정말! 리즈엔 왜요!

헨리 난 핑크색이었는데.

케이 (사람들에게) 리즈래!

무대조감독 핑크요! 배경이 뭐였는데요?

헨리 병원. 옴에 걸린 역이었거든.

케이 잘 알았어요, 선생님. (수화기를 내려놓는다) 여러분, 나쁜 소식이에요. 연출 선생님이 못 오신대요. 통화하는 동안에도 리즈로 가고 계셨어요. 거기에서 무슨 회의 사회를 봐야 되는 걸 잊고 계셨대요.

헨리 무슨 회의?

케이 무슨 지역 연극에 관련된 거래요.

피츠 잘됐네. 우린 집에 가면 되겠군.

케이 연출 선생님은 한번 쭉 가보라 그러시는데요….

작가인 닐이 들어온다.

헨리 에이씨!

피츠 왜?

헨리가 새로 들어온 인물을 가리킨다.

피츠 아이쌍!

케이 연출 선생님이 뭐라 그러시냐면, 어서 오세요, 아직 대사에 쪼끔 자신 없는 사람들 처음부터 한번 쭉 가보라는 거예요. 특히 피츠 선생님, 대사에 집중해서 해주세요. 작가 선생님 오셨으니까 어차피 예의상으로라도 한 번 보여드려야 되는 거잖아요. 작가 선생님, 별일 없으시죠? 그동안 어디 계셨어요? 다들 보고 싶어했잖아요.

작가 뉴캐슬이요.

피츠 뉴캐슬? 정말? 거기서 뭐 했소? 거긴 완전히 엉망진창인 동넨데.

작가 골라내는 일 했죠.

피츠 나쁜 놈들?

작가 그게 아니라, 희곡작가들이요.

사이.

피츠 난 아무 말 안할 거야.

케이 자, 피츠 선생님, 실내화 갖고 계세요?

피츠 (보여주며) 응. 그러고 가짜 담배, 오줌 자국 있는 펑퍼짐한 바지, 구역질 나는 손수건, 비닐봉지까지 다 있어. 그런데, 마스크는 준비됐나?

작가 무슨 마스크요?

케이는 작가를 향해 크게 미소 지어 보이고는 계속 진행한다.

무대조감독 마스크 오는 중입니다.

피츠 그 사람들 지난주에도 똑같은 소릴 했어.

팀 (무대조감독에게 속삭인다) 제가 그, 저, (찰리를 곁눈질하고는 속삭인다) 실제로 빠나요?

무대조감독 오랄 장면 하나요?

작가 오랄? 어느 장면에 그런 게 있어?

케이는 팔을 들어 작가를 조용히 시킨다.

케이 여러분, 우리 좀 생각해가면서 말하면 안 될까요?

피츠 생각?

케이가 찰리를 가리킨다.

피츠 아, 미안. 근데 요즘엔 쟤들이 우리보다 그런 거 더 잘 알텐데, 뭐. 안 그러니, 찰리?

찰리는 게임기에서 눈을 떼지 않은 채 고개를 끄덕인다.

케이 자, 다들 준비됐죠? 찰리, 준비됐니? 찰리, 준비됐어요?

조앤 (책을 읽으며) 찰리 준비됐어요.

작가 (케이에게) 오랄이라뇨?

피츠 우리 시작하는 거면 화장실에 갔다 왔어야 하는 건데, 너무 멀단 말야.

헨리 멀어? 요 바로 밖에 하나 있잖아요.

피츠 난 그건 못 써. 난 밖에서 누가 듣는 거 싫어. 이 망할 놈의 건물을 통틀어서 내가 쓸 수 있는 화장실은 딱 하나밖에 없어.

헨리 어디 있는 거요?

피츠 얘기 안 해줄 거야. 너도 거기 쓰기 시작할걸.

케이 자, 여러분.

작가 연출은 어디 있어요?

도널드 (자기 방백 부분을 가리키며) 케이?

케이 (도널드에게) 자기 방백 말하는 거지? 알아. 안 잊어버렸어.

케이가 도널드(험프리 카펜터를 연기하는)를 대하는 방식에서, 이미 도널드를 상당히 관리하기 까다로운 인물로 인식하고 있다는 점이 드러난다.

케이 1장 처음부터 갑니다. 준비! 조명!

오든과 카펜터는 전축에서 흘러나오는 트리스탄과 이졸데의 사랑의 이중창을 듣고 있다.

카펜터 선생님께서 어린 시절 저 노래를 부르실 때 말인데요, 선생님께서 이졸데의 멜로디를 부를 때 선생님의 모친께서 트리스탄 부분을 맡고 있다는 걸 의식하고 계셨나요?

오든 아, 그럼요.

카펜터 그럼 그게 어떤 의미를 함축하고 있는지도 의식하고 계셨나요?

오든 난 그랬죠. 어머니도 그랬는지는 잘 모르겠어요. 아버지는 거기에 대해 아무 말도 없으셨죠. 아버진 의사였어요.

카펜터 오늘 저녁 저는 전에 우리 대학교의 시학 교수로 재직하셨고, 최근에 우리 대학교로 다시 돌아오신 W. H. 오든 선생님과 대화를 나누고 있습니다.

오든 내가 지금 국민들에게 이야기하고 있는 건가?

카펜터 라디오 옥스퍼듭니다.

오든 시인들이 왜 인터뷰를 당해야 하는지 그 이유를 당최 모르겠어요. 작가는 행동형 인간이 아녜요. 작가의 사생활은 자기 자신과 가족, 그리고 친구들 말고는 다른 사람 누구에게도 관심거리가 될 이유가 없어요. 그래서도 안 되고요. 그렇지 않은 건 다 부적절한 겁니다. 뭐더라?

무대조감독 (읽어준다) '내가 할리우드에서 걸려온 전화를 받은 적이 있어요….'

오든을 연기 중인 피츠는 계속해서 스스로를 수정해야 하고, 때때로 대본을 읽어주는 걸 들어야 한다. 완벽하게 대본을 숙지하려면 아직 한참 더 있어야 하는 수준이다.

오든 내가 할리우드에서 걸려온 전화를 받은 적이 있어요. 베티 데이비스라더군요. 그 여자가 '오든 선생님, 제가 방금 선생님 시를 한 편 읽었어요.' 이렇게 말하는 거예요. 그래서 내가 '그것 참 고마운 얘기군요, 부인. 하지만 지금은 새벽 두십니다.' 그렇게 말하고는 전화를 끊었죠. 체스터는 날 절대 용서하지 않았어요. (사이) 체스터는 내 파트너예요. 그렇게들 표현하죠?

카펜터 그렇게들 말하죠.

오든 그런 말 쓴다고 해서 체포되진 않죠?

카펜터가 고개를 가로젓는다.

오든 심지어 영국에서도? 진보했군.

피츠 (작가에게) 사람들이 알겠지, 작가 선생, 이게 지금 1972년이라는 걸?

작가 약간의 지능이라도 있다면요.

피츠 왜냐면 1972년에도 파트너가 있다고 해서 체포되진 않았거든.

작가　　오든은 지금 아이러니한 태도를 보이는 거예요. 말 뜻 그대로를 의미하기도 하고, 아니기도 한 거죠.

피츠　　아이러니가 무슨 뜻인지는 나도 알아.

헨리　　(위쪽 무대에서) 1954년에는 파트너가 있다는 이유로 실제로 체포될 수도 있었어요. 경찰이 브리튼을 심문한 게 그것 때문이었어요.

피츠　　알았어. 알았어요.

헨리　　1972년도마냥 천국은 아니었어요. '당신 몇 살이야? 그자는 몇 살이었어?' 그렇게 쉽게 포기할 사람들이 아니지.

케이　　계속합니다.

헨리　　바로 지난주에도 한 사람 고발당했잖아.

도널드　　감사합니다!

카펜터　　(헨리를 향해 고약한 눈총을 보낸다) 벤저민 브리튼이 오늘 옥스퍼드에 와 있습니다.

오든은 아무 말도 하지 않는다.

카펜터　　소년 합창단원들을 오디션하고 있어요. 전에 함께 일하셨죠?

오든은 여전히 아무 말도 하지 않는다.

카펜터 30대 시절에 말예요.

오든 언제였는진 내가 알고 있지. 그건 왜요?

카펜터 그 사실이 기록되어 있는 프로그램이 있는지 궁금하네요. 선생님하고 벤저민 브리튼이 같이 작업한 것 말예요.

오든 좀 무례한 말로 들리는군. 그건 내 일이지 당신한테는 관계없는 일이요. 어쨌거나 내가 벤저민과 같이, 그것도 아주 즐겁게 일했다는 건 사실이요.

브리튼이 위쪽 무대의 피아노 앞에 앉아 연주한다. 교회에서 울려나오는 듯한 소리. 소년이 옆에 서서 '양치기의 캐롤'[8] 중 한 부분('오, 너의 작은 핑키를 들어 저녁 하늘을 만져봐 / 아름다운 사람이 죽으러 가는 산마루, 사랑이 그 위에 온통 걸쳐 있네')을 부른다.

브리튼 (노래 위로) 너무 부드럽게 부르지 마. '오, 너의 작은 핑키를 들어' 좋아. 아주 좋아.

음악이 끝난다.

소년[9] 음, 선생님, '핑키'가 무슨 뜻이에요? 좋지 않은 건가요?

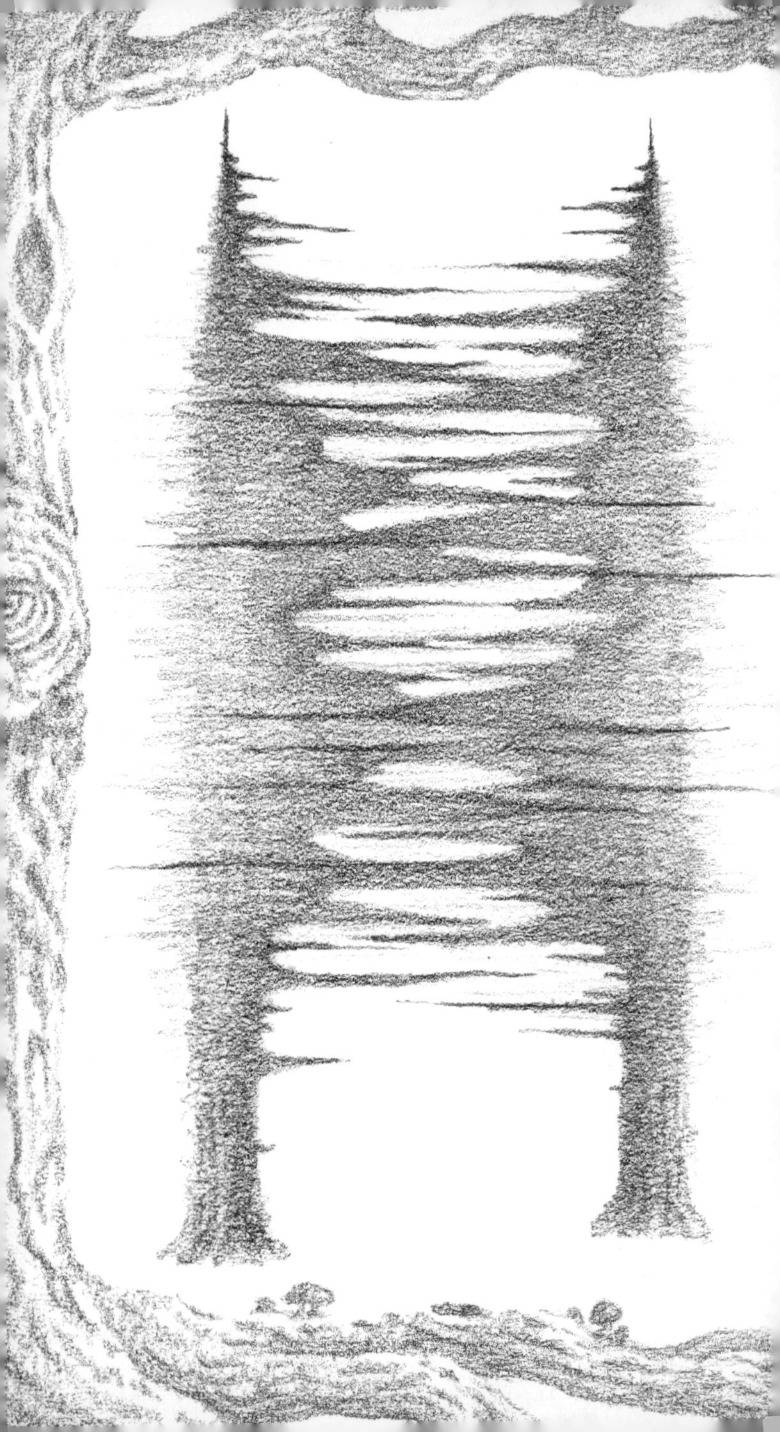

브리튼 아니. 그랬다면 그 노래를 부르라고 하지도 않지. 미국 사람들이 새끼손가락을 부르는 말이야. 이제 마음 편해?

소년 예, 선생님.

브리튼 다시 한 번 해보자. 자음들 정확하게 발음하면서.

페이드.

카펜터 1972년의 그날 오후, 전 옥스퍼드대학 크라이스트처치 안에 있는 브로이하우스로 오든을 인터뷰하러 갔습니다. 브로이하우스는 대학에 속해 있는 별채인데, 두드러진 활동을 보인 동문들을 위한 숙소로 개조된 건물입니다. 시간을 30분 전으로 되돌려보죠. 전 그 위대한 시인을 인터뷰하기 위해 제 녹음기를 들고 건물 밖에서 기다리고 있습니다. 한 가지 문제라면 시인이 안에 없다는 겁니다…. 방을 청소하는 사람만 둘 있었습니다.

케이 헨리 선생님이 보일을 읽어주시고, 메이는 제가 읽을게요.

작가 왜죠?

케이 페니하고 브라이언이 체호프 낮 공연에 들어가 있거든요.

오든의 사환인 미스터 보일은 넥타이는 매고 있지만 겉옷 없이 와이셔츠 차림에 앞치마를 두르고 수박겉핥기 식으로 방을 치우고 있다. 방은 지저분하게 어지러져 있는 동시에 황량해서 손을 댄 표시도 잘 나지 않는다. 보일은 헨리가, 메이는 케이가 맡아서 연기한다.
보일은 아무 표정 없이 여러 종류의 그릇에 들어 있는 재를 쓰레기통에 비운다.

보일 세상에! 난 리비아의 사막에서 군대생활한 사람이야. 토브룩. 그 망할 놈의 벵가지에도 있었지. 오든 선생, 당신은 그때 어디 있었지?[10]

중년의 여성인 메이는 코트를 입고 쇼핑백을 든 채 들어선다. 보일은 곰팡이가 낀 수프 그릇을 들어 메이에게 보여준다. 메이는 천 쪼가리를 집어 든다.

메이 행준가?

보일 그 양반 조끼요.

보일은 조끼를 받아 들어 싱크대 위에 놓고는 심한 냄새를 풍기는 바지를 집어 든다.

메이 클로드 신부도 마찬가지였어요.

보일 클로드 신부는 여든다섯 살이었어요.

메이 (수프 그릇을 가리키며) 저건 내가 씻을게요.

보일 난 안 할 거요. 그자가 어디다 소변을 볼 것 같소?

메이는 싱크대 냄새를 맡아본다. 그동안 보일은 바지를 침실에 던져 넣는다.

메이 더러운 인간.

보일 내가 궁금한 건, 거기다 손을 씻고 나면 그 손은 어디 가서 다시 씻을 거냐는 거요. 하기야 그자는 그걸 숨기려 들지도 않지. 지난주에 창립기념일 만찬이 끝나고 나서 그 사람들이 다들 휴게실에 모였는데 말이지, 다들 포트 와인이니 마데이라 와인을 들고 말이요. 은식기들이며 촛불까지 벌여놓고는 와인 잔이며 초콜릿이 쭉 돌았죠. 그러고들 있는데, 우리의 이자가 윤리철학 분야의 노 명예교수한테 한다는 소리가, 혹시 싱크대에 소변보지 않느냐는 거요. 그 교수가 자긴 그렇게 하지 않는다니까, 이자가 하는 말이 '난 당신 말 안 믿소' 이러는 거예요. '난 당신 말 안 믿소.' 윤리철학 분야의 노 명예교수한테 말이야. 그러더니 하는 소리가 '뭐, 난 싱크대에 오줌 쌉니다. 그리고 그건 누구나 마찬가지요.' 이러는 거예요. 어느 날 밤에는—왜냐면 이게 하루 이틀 있었던 일이 아니거든요—글쎄, 부총장한테 어디다 쉬하느냐고 묻더라니까. 그리고 그 동네에 관해서 또 한 가지 맨날 떠드는 주제가 있어요. 화장지.

메이 화장지요?

보일 화장지는 딱 한 장만 써야 한다는 생각이 그자 머릿속에 박혀버린 거야.

메이 왜요? 그 양반은 아주 깨끗하게 닦기는 모양이지? 화장지 한 장으로 되게. 그 양반 속옷은 도대체 어떤 꼬락서니일라나?

보일 리즈데일 여사, 아마 속옷이라는 게 없을 거요.

노크 소리.

보일, 대답하지 않는다. 또다시 노크 소리가 들리더니 문이 조심스럽게 열린다.

스튜어트 계세요?

젊은 사내가 애매하게 미소를 지으며 들어선다.

스튜어트 아우… (종이를 들여다본다) 아우든 씨?

보일 오든이요. 왜요?

스튜어트 저 여기 십 분 후에 오기로 되어 있는데요, 정각에요.

보일 그럼 일찍 온 거군.

스튜어트 어쨌든 늦진 않았어요. 본인이신가요?

보일 내가 전직 시 교수처럼 보이오?

피츠 그러고 보니 정말 그런데. 딱 그렇게 보여!

케이 피츠 선생님.

스튜어트 그럼 그분 안 계세요?

보일 그렇다고 할 수 있지.

스튜어트 그럼 기다리죠. (자리에 앉는다)

보일 여기서 기다리면 안 돼요. 우리도 지금 나가려는 참이요.

메이 학부 학생인가요?

스튜어트 아뇨.

보일 당신이 어떤 사람인지 누가 알겠어. 여긴 책들도 있고 원고 뭉치들도 있고, 또 저기 어딘가에는 타자기도 있는데.

메이 타자기도 있는데 당신 혼자 놔두진 못해요. 근데, 그럼 뭐 하는 사람이요?

스튜어트 저요? 전 프리랜서에요.

보일 내가 조언 한 마디 하겠는데, 나가줘요. 나중에 다시 와요. 어디 가서 좀 앉아 있다가.

메이 잔디밭에 벤치들이 있어요. 난 거기 자주 가서 앉아요.

스튜어트 그분 오시면 제가 왔다 갔다고 전해주실래요?

메이 브로드 워크에 벤치가 몇 개 더 있어요. 식물원에도 있고요. 거기 벤치들이 좋죠.

보일 우린 그 말 못 전해줘요. 우리도 금방 갈 거라니까.

메이 아니면 코푸스. 코푸스에 가서 앉아 있어도 돼요. 코푸스에도 좋은 벤치들이 좀 있어요.

스튜어트는 좀 당황하더니 나간다.

메이 아주 착해 보이는데.

보일 예. 저런 애들이 대개 그렇죠. 난 쟤 전에도 본 적이 있어요. 두세 번 봤나. 글루체스터 그린 환승장에서.

메이 버스를 기다리고 있던가요?

보일 뭔가를 기다리고 있더군요.

메이 오후 다섯 시에 말예요?

보일 시간이 무슨 상관이요?

메이 하지만 오든 선생님은 시를 가르치는 교수님이었잖아요.

보일 그보다 훨씬 전부터 남의 입에 자기 물건 집어넣는 일에 교수였어요.

메이 보일 씨는 정말 모르는 게 없어요.

두 사람, 나간다.

보일 이 대학에서요? 안 그러면 못 버티죠.

카펜터 오든이 마지막으로 뉴욕에 있는 아파트를 떠날 때, 그 빌딩에 살던 누군가가 색소폰으로 '집으로 가는 길을 알려주오Show Me the Way to Go Home' 라는 곡을 연습하고 있었습니다. 일종의 징조라고 생각할 수도 있겠지만, 정말로 그렇게 됐던 건 아닙니다. 브로이하우스는 집이 아니고, 절대로 그렇게 되지도 않을 테니까요. 그 방은 문학작품으로 형상화된 적도 없었고, 그 방에 살던 그 유명 작가도 그걸 위해서 언어를 사용한 적도 한 번 없었습니다. 그렇긴 하지만, 시인이란 이 모호한 우주에 목소리를 부여해주는 존재들이기 때문에, 시인이 자리에 없을 때 그의 가구들이 서로의 생각을 나눈다고 하더라도 그리 이상하게 여길 필요는 없습니다.

케이 이 장면을 어떻게 처리할지는 연출 선생님도 아직 결정을 안 했어요. 아마 페니하고 브라이언이 하게 될 거예요. 좀 더 기다려봅시다.

피츠 작가 선생, 여기 '그 방은 문학작품으로 형상화된 적도 없었고' 할 때 내가 들어오면 전혀 말이 안 될까?

작가 그렇게 하고 나머지는 드러내자, 이건가요? 왜요?

피츠 말하는 가구가 정말 필요해? 내가 구식이라는 건 알겠는데, 아니, 그래도 가구가 왜 말을 해?

작가 이 사람은 시인이에요. 세계가 말을 하고 그 안에 들어 있는 모든 것들도 마찬가지예요.

피츠 어, 그 아이디어는 알겠다니까. 그 아이디어는 좋아요. 근데 침대가 말을 하잖아, 예를 들자면. 아주 돌아버리겠어.

무대조감독 (밝게) 그래, 비디오를 쓰면 어때요!

반응이 신통찮다.

케이 예, 고맙습니다. 어쨌든, 여러분, 지금은 대본대로 그냥 갑니다. 톰, 자기야!

피아노 소리가 화려하게 울려 퍼진다.
가구들은 무대감독과 무대조감독이 페니와 브라이언을 대신해서 연기한다.

거울 나는 거울, 그의 누추한 모습을 되비춘다.
면도를 하는 그 사람은 별다를 바 없는 검사 대상,
매일 아침 나는 그의 얼굴을 본다.

먼지 낀 표정으로 그의 시선을 되돌려 보낸다.
돌출부를 중심으로 분할된, 쭈글쭈글한, 미치광이 같은 그가 어디에선가 찬양한 적이 있는 석회석 같은 그것.[11]
극지 탐사와 같은 면도날의 여행, 넓고 좁은 틈과 피 흘리는 목을 건너가는.
비누의 폭설을 공들여 밀어내는, 그의 메마른 몸뚱어리에 매달린 저 흔들리는 손.

의자

나는 뉴욕에 있는 의자.
그 사람의 친구들을 앉혔고, 그 사람들의 대화를 들어줬지.
그레타 가르보와 에즈라 파운드, 유명하면서 동시에 부드러운 엉덩이들을 앉혀줬지. T. S. 엘리엇과 스트라빈스키, 그리고 친애하는 스티븐 스펜더.
이제는 아무도 내 위에 앉지 않아, 꼭 자기 불알처럼 생긴 얼굴의 시인을 찾는 누구의 전화도 걸려오지 않으니.
물론 허구한 날 와인을 퍼마시는 관리인은 있지, 여기서 내 위에 걸터앉아 바닥에 담뱃불로 구멍이나 내고 있는.
오, 그날들을 되돌려줘! 나는 그저 그 신중하고 교양 있고 감각 있는 엉덩이들을 내 위에 앉히고 싶을 뿐.

침대 나는 같이 쓰는 사람 없는 그의 침대.
무슨 일이든 벌어진다면, 그건 다른 곳에서 벌어지지.
습관의 피조물, 그는 오른쪽에서만 잔다. 그렇게 하지 않은 단 한 번, 그는 그날 밤 죽게 되지.
하지만 그 특별한 일이 내 위에서 벌어지진 않았어.
여긴 그가 끝난 곳이 아냐.

오든 (소리만) 들어와.

문 그 사람이 와, 그 사람이 와, 우리 시간은 지났어.
이 생기 없는 대화는 이제 멈춰야 해.

시계 아직은 아냐, 멍청한 운율로 말하는 바보들아,
내가 여기를 지배해. 내가 바로 시간이야.
박자, 리듬, 운율, 형식.
그 사람의 인생은 시 형식의 저주가 지배하고 있지.

거울 의자 침대 문 시계 시간. 시간. 시간.

실내화를 신고 비닐봉지를 든 오든 등장. 문을 열어놓은 채 들어온다. 수화기를 집어 든다.

오든 나 오든이요. 누가 찾아오면 바로 들여보내줘요. (밖을 향해 소리친다) 들어와!

오든은 세면대로 가서, 거기에 소변을 본다. 젊은 사내가 들어온다.

오든 우리 전화로 얘기했죠? 스튜어트라고 했던가?

카펜터 험프리 카펜텁니다.

피츠 실내화는 항상 신고 있는 건가?

작가 예. 오든은 발에 티눈이 여러 개 있었어요.

피츠 그건 중요하지 않고. 마티니는 만드는 시늉만 하면 되나?

무대조감독이 얼른 뛰어가서 소도구를 챙겨준다.

무대조감독 죄송합니다.

케이 (피츠에게) 알았어요, 알았어.

무대조감독 장식할 거 필요하세요?

피츠 어떤 거?

무대조감독 칵테일용 체리 같은 거요. 종이우산은요?

작가 (괴로운 듯이) 됐어요.

피츠 작가 선생이 됐대.

무대조감독 난 그런 것들 때문에 마티니 마시는 줄 알았어요.

오든 장례식엘 갔었는데, 화장장이 그렇게 멀리 있다는 걸 아무도 얘기 안 해줬단 말이야. 버스를 타고 가야겠다 싶어서 차장한테 교통카드를 내미니까, 여기선 그걸 못 쓴대. 왜 안 되느냐고 물었지. 그랬더니 그 차장 하는 말이, 여긴 뉴욕이 아니라는 거야. 그렇게 융통성 없는 차장은 처음 봤어. 약간의 착오였을 뿐인데 말이지. 마사지는 안 할 거야.

카펜터, 어리둥절해한다.

오든 내가 어떤 사람하고 통화할 때, 마사지도 해줄 거라고 했거든. 그거 필요 없어.

카펜터 전 마사지 안 하는데요.

오든 그럼 뭘 하나? 장례식은 정말 이루 말할 수가 없었어. 야만적이야. '나는 부활이고 생명이다.' 이런 훌륭한 대사들은 다 어디로 간 거야? 쓸데없는 소리들만 하고 말이야. 고인은 바로 옆집으로 옮긴 거라는 둥.

오든은 위의 과정 동안 마티니를 만들고 있었다. 오든은 이제 두 잔의 마티니를 테이블에 올려놓는다.

오든 (한 잔을 집어 들며) 한 잔 할 텐가?

카펜터 이게 뭐죠?

오든 마티니.

카펜터 남는 건가요?

오든 전혀 아니지. 당신들 쓰는 말로 '사전예약' 되어 있다고 하는 거지.

카펜터 누구한테요?

오든 짐작해봐. 얼마나 지불하면 되나?

카펜터 저한테요?

오든 자넨 말투가 교육을 아주 잘 받은 사람 같군.

카펜터 그런 셈이죠.

오든 게다가 중산층이고. 젊었을 땐 하층계급은 완전한 인격체가 아니고 명령만 떨어지면 바로 침대에 가서 누워야 하는 사람들이라고 생각했지.

카펜터 본인들은 어떻게 생각하던가요?

오든 물어본 적이 없어.

시계가 30분을 알리는 종을 울린다.

오든 자. 바지를 벗어.

카펜터 왜요?

오든 왜라니? 서둘러. 벌써 반이 지났어.

카펜터 지금 저한테 뭘 하라는 거예요?

오든 자네한테 뭘 하라고 한 적 없어. 자넨 돈만 받아 가면 돼. 이건 거래야. 내가 자네 걸 빨 거고.

카펜터 하지만 전 BBC에서 일하는데요.

오든 그래? 할 수 없지. 개인적으로 바닥 출신을 선호하긴 하지만, 여러 종류가 있을 수 있으니까. 뉴욕에서 본 남창 애 하나는 모건도서관에서 일하는 애였어.

카펜터 전 남창이 아네요. 전 옥스퍼드 케블 칼리지 출신이에요.

오든 그렇군. 남창이 아니다… 거참. 내가 그걸 왜 몰랐을까. 그 회사의 경영자—포주가 정확한 용어겠지—그 사람이 전화상으로 말하기로는 자네가 '딱 바라졌다'고 했단 말이지. 그 사람 말투로 봐선 오스트레일리아 사람 같더군. 사람을 돌봐주는 서비스에서는 종종 있을 수 있는 일이지…. 치과 위생이라든지, 상담치료, 노인을 돌봐주는 일, 중년 사내들한테 마사지를 해주는 일 따위…. 이런 종류의 불쾌하지 않다고 말하기 어려운 일들은 대개 저 아래쪽 지방 사람들이 많이 한단 말이야.

어쨌든, 설마 자네 시를 읽어봐달라고 들고 오거나 한 건 아니겠지…. 혹시 그런 건가?

카펜터 그건 나중에 해도 되는 거고요. (녹음기를 꺼낸다) 이제 술하고 시간에 대한 건 이해가 가네요. 선생님이 〈성벽 없는 도시〉에 쓰신 것처럼 말이죠.

'너무나 강박적인 의식주의자
즐거운 놀라움이
그를 화나게 한다.

시계가 없으면
그는 언제 배가 고플지,
성욕을 느낄지 전혀 알지 못하리.'

오든 (말을 자르며) 그래, 맞아요.

카펜터는 꺼낸 작은 녹음기를 테이블 위에 놓는다. 오든은 밥맛 떨어진다는 표정으로 그걸 쳐다본다.

카펜터 오든 선생님, 옥스퍼드에 돌아오신 소감이 어떤가요? 집으로 돌아온 것 같은 느낌인가요?

오든 대학은 내게 아주 친절하게 대해주고 있습니다. 나한테 필요한 건 다 있어요. 하지만, 집이요? 그건 아닙니다. 하지만, 뉴욕에 있을 때보다 더 안전하게 느껴지는 건 사실이에요. 거기서 떠나기 직전에 전화가 걸려왔는데, 누군가가 '우린 널 거세하고 나서 죽여버릴 거야' 라고 하더군요.

카펜터 그래서 어떻게 하셨나요?

오든 '전화 잘못 거신 것 같네요' 하고는 끊었죠.

카펜터 이 질문은 전에도 받으셨을 것 같은데요. 왜….

오든 1939년에 미국으로 갔느냐? 영국이 너무 편안해져서 미국으로 갔어요. 영국 전체가 한 가족이었어요. 난 내 가족을 좋아하긴 하지만, 항상 같이 살고 싶은 생각은 없어요.

카펜터 하지만 가족한테 문제가 생기면 옆에 있어주려고 하잖습니까.

오든 30년대가 지나가고 있었어요. 막 전쟁이 시작되었고, 나는 윈스턴 처칠의 계관시인이 되고 싶진 않았어요. 게다가, 내가 30년대 내내 써온 글들 중 어느 하나도 유태인들을 학살로부터 구해내거나 전쟁을 5초라도 빨리 끝내게 할 수 없었어요. 진실을 말하자면, 난 이미 미국에 머무르고 있었고 전쟁이 터졌을 때 돌아오지 않았을 뿐이에요. 내 몸을 지키기 위해서가 아니라, 체스터 칼만[12]하고 사랑에 빠졌기 때문이었어요.

카펜터 그 당시에는 왜 그 사실을 밝히지 않으셨나요?

오든 내가 사랑에 빠졌다는 사실 말이요? 그랬으면 아마 날 감옥에 보냈을 거요.

카펜터 요즘도 쓰시나요?

오든 내가 죽었소? 난 일합니다. 난 예술하는 습관을 갖고 있어요.

카펜터 지금 쓰고 계신 게 있나요?

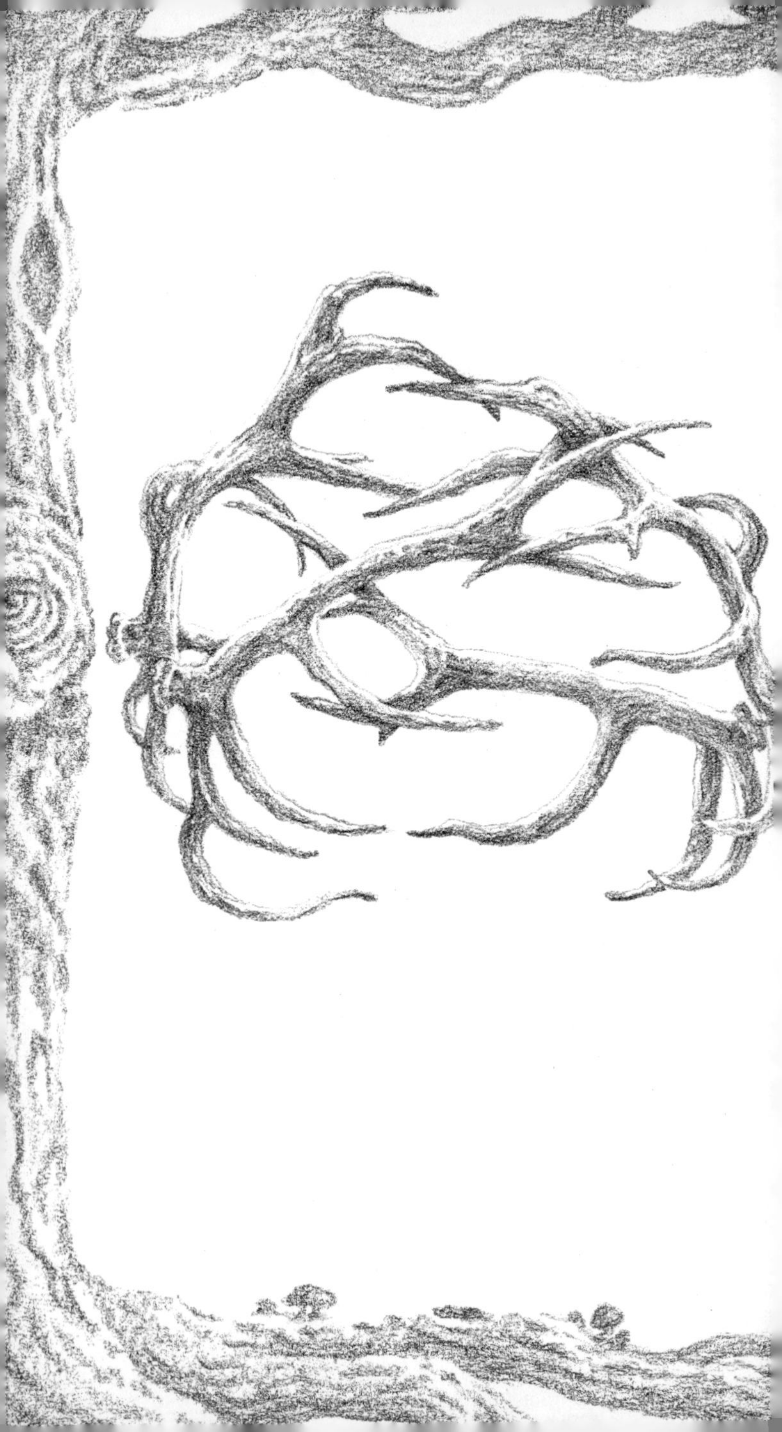

오든 토머스 하디가 모델이라고 할 수 있죠. 세월에 눌려 부서지고, 속이 텅 비고, 어떤 가지들은 이미 죽어버린 고목… (피츠로 돌아와서) 뭐였지?

무대조감독 (읽어준다) '하지만 봄이 오면….'

오든 하지만 봄이 오면 제일 끝의 작은 가지에서는 여전히 새 잎이 피어오르죠. (피츠로 돌아가서, 케이에게) 이 부분은 그냥 쭉 읽어야 될 것 같은데.

케이 (대수롭지 않게) 예, 그러세요.

오든 나한테 시라는 건 그게 예술이 그렇듯 어떤 기능이에요. 그리고 난 내가 쓸모 있는 걸 빚어낼 줄 안다는 걸 항상 자랑스러워했어요. 결혼에 대한 찬가, 죽은 자에 대한 만가, 건배사… 어떤 일도 하찮게 다루지 않았죠. 의사나 변호사들처럼 길거리에 작은 명패를 달아놓으라고 했으면 기꺼이 그렇게 했을 거요. W. H. 오든. 시인.

카펜터 오든은 모르고 있고, 사실은 나 자신도 모르고 있었지만, 이때로부터 10년쯤 후에 내가 그의 전기를 쓰게 된다는 사실을 이야기하기에는 지금이 가장 좋은 때인 것 같군요.[13]

오든 문제는 요즘에는 나한테 뭘 써달라고 하는 사람이 아무도 없다는 거요. 내 의견을 묻는 경우는 있지만, 하지만 그건 다른 문제거든. 난 너무 유명해져버렸소.

카펜터 선생님이 제 아버지한테도 똑같은 얘기를 하셨다고 하더군요.

오든 당신 아버지?

카펜터 헤드 테이블 바로 옆자리에 앉는다고 하시더군요. 아버지는 옥스퍼드 주교세요.

누군가 문을 두드린다.

오든 아! 내 손님이 왔군.

오든이 문을 향해 간다.

오든 옥스퍼드 주교라. 만약 내가 성직을 택했더라면 지금쯤 나도 주교를 하고 있을 텐데 말이지.

스튜어트가 들어온다.

스튜어트 스튜어트라고 합니다. 아까 왔었어요. 정각에요. 실제로는 좀 더 일찍 왔었는데, 어떤 사람이 가라 그러더라고요.

오든 그랬군. 자네 약속시간은, 지네가 할 일은, 여기이….

카펜터 카펜텁니다.

오든 이 사람이 빼앗아버렸네. 이 사람 오래 안 있을 거야. 오스트레일리아 출신인가?

스튜어트 아뇨. 콜리 출신이에요.

헨리 작은 가방.

피츠 뭐라고?

헨리 작은 가방을 들고 있어야 된다고. 그 남자애. 콜보이들은 다들 작은 가방을 들고 다녀요.

팀 왜요?

헨리 수건, 베이비오일, 그런 것들. 소소한 것들 있잖아. 가방만 보고도 식별할 수 있을 정도라니까.

작가 아무 데도 그런 얘긴 없던데요.

헨리 나도 읽은 적이야 없지.

케이 알았어요. 작은 가방…. 고마워요, 헨리 선생님.

헨리 고맙습니다.

케이 계속 가죠.

카펜터 계속 연락은 하시나요? 벤저민 브리튼 선생하고?

오든 그렇다고 한들, 내가 그걸 왜 당신한테 얘기해야 되지? 난 당신이 누군지도 몰라요. 본인이 옥스퍼드 주교 아들이라고 했지만, 그걸 추천서라고 볼 수도 없는 거고. 그저껜가 주교가 수염을 기르고 있는 걸 봤지.

카펜터 선생님한테 편지도 보냈는데요.

오든 내가 답장을 했던가요?

카펜터 아뇨. 브리튼 씨한테도 썼고요.

오든 그 사람을 브리튼 씨라고 부르는 건 처음 듣는군. 브리튼 씨. 무슨 보디빌딩하는 사람 이름 같은걸. 그 사람은 답장을 했나요?

카펜터 아뇨.

오든 그럼 알아들어야지. 다 옛날 얘기요.

카펜터 두 분 다 젊었을 때죠.

오든 난 젊어본 적이 없소. 늙기 전까지는. 브리튼은 언제나 젊었었지. 지금도 젊을 거요.

카펜터 선생님은 이미 죽어 있는 반면에 말이죠.

오든 뭐라고요?

카펜터 브리튼 씨랑 관련해서 보자면 말입니다. 그 양반은 누구한테 한번 빠지면 옛날 친구는 시체나 마찬가지죠. 두 번 다시 말도 하지 않아요. 그래도 여전히, 그 양반은 예술가죠.

오든 쓸데없는 소리. 예술은 절대 잔인함에 대한 핑계가 되질 않아요.

카펜터 그러니까 저한테 얘기해주실래요?

오든 지금 하고 있잖소.

카펜터 적절한 형식을 갖춰서요.

오든 싫소. 전기라는 건 쓸데없는 호기심을 채우자는 게 대부분이고, 누가 방을 비우고 있는 동안 그 사람의 사적인 편지를 들춰보는 것과 하나 다를 바 없는 짓이오. 그런데, 그 사람이 방을 비우고 가 있는 데가 무덤이라고 해서 그런 짓을 하는 게 윤리적으로 아무 문제가 없다고 할 수 있나? 아버지가 주교라니 당신도 그 정도는 알고 있어야 할 거요.

카펜터 (관객을 향해) 어떤 작가들은 자기 전기를 위협으로 받아들입니다. 이건 내가 더 배워야 할 문젭니다. 전기에 관한 한 시인들이 좀 더 취약한데, 그건 독자들이 시인이란 진실된 존재이며 자신의 마음속에서 우러나오는 가장 솔직한 말만 한다고 생각하고 있기 때문이죠. 시인이 쓴 시와 그 시인 자신은 상당히 다르다는 사실을 전기 작가가 드러내는 순간 시인은 위선자 취급을 받게 됩니다. 로버트 프로스트[14]를 생각해보면 알 수 있죠.

팀 필립 라킨[15]도요.

피츠 잠깐. 나 지금 헷갈리는데… 지금 스튜어트가 말하는 건가?

팀 아뇨, 죄송합니다. 저예요. 고등학교 학력고사 때 라킨을 읽어서 알거든요.

피츠 내가 그 말 하려고 했어. 지금 스튜어트는 아무

것도 아는 게 없다고 보는 거지? 그냥 콜보이일 뿐이고.

헨리 콜보이도 가끔 공립도서관에 갈 수는 있지.

무대조감독 거기엔 일거리가 별로 없죠.

작가 어쨌거나 핵심은, 라킨이나 프로스트 둘 다 시 속에서 진정한 자기 자신을 드러냈다고 여겨지지만, 그와 다른 면이 있다는 사실도 드러났다는 겁니다. 두 사람 다 전기 때문에 일시적으로 파멸하게 된 거죠.

케이 고마워요. 계속 갑니다.

도널드 (케이에게) 무대감독님, 카펜터가 관객을 향해서 말할 때 어디 서 있어야 하는지 아직 결정 안 했는데요.

케이 아무 데나 서면 돼, 자기야. 그냥 하기만 하면 돼.

도널드 그럼 그냥 계속해요?

케이 응. 과감하게.

도널드 여기서요? 아니면 저기서?

케이 거기. 아무 데나….

도널드 제 생각엔 여기가 나….

케이 갑시다.

카펜터 또 다른 오페라가 있는 걸로 알고 있는데요. 브리튼하고. 〈베니스에서의 죽음〉 말예요.

오든 아센바흐. 〈베니스에서의 죽음〉에 나오는 그 작가는 바로 나요, 물론. 고결함을 지키기 위해 스스로를 결박한 인간.

카펜터 (실내를 둘러보며) 정말로요?

오든 고결함이란 건 더러운 옷이나 그릇 따위하고는 아무 상관도 없는 거야. 내 말은, 내가 어디 취직하기 어려운 신세가 됐다는 거요. 나는 존경의 대상이고, 기념비이고, 내 명성에 의해 속박되어 있어요. 하지만 일을 하지 않는다면 도대체 난 누구겠소?

카펜터 선생님 시 중에 어떤 게 가장 뛰어난 작품이라고 생각하시나요?

오든 또 다른 멍청한 질문이로군. 내가 쓴 것 중에 제일 자랑스러운 작품은 셰익스피어의 《태풍》에 대한 에필로그로 쓴 〈노인과 바다〉요.

무대조감독 제 생각엔 〈바다와 거울〉인 것 같은데요. 선생님 지금 '노인과 바다'라고 하셨어요. 《노인과 바다》는 헤밍웨이 작품이에요. 트라이사이클 극장에서 한 번 공연했었죠.

케이 (피츠에게) 죄송해요, 선생님.

피츠 어쨌든 누가 알아들을 것도 아닌데, 뭐.

케이 갑시다!

카펜터 〈바다와 거울〉 그 시는 제가 이해를 못하겠어요.

오든 그 시는 《태풍》의 결말 부분이 충분치 않다는 생각 때문에 시작됐어요. 부상당한 자들이 다시 완전해지고 지은 죄는 다 뉘우쳐지고 다 잘 마무리가 됐는데, 그래도 뭔가가 더 있어야 된다는 느낌이 들더란 말이지.

카펜터 어떤 게요?

오든 그 시를 읽어봐요.

카펜터 읽어봤어요.

오든 이제 가줘야겠소. 난 지금 시간에 대해 생각하고 있거든.

카펜터 압니다.

'시계가 없이는
그는 언제 배가 고플지,
성욕을 느낄지 전혀 알지 못하리.'

작가 잠깐만요, 잠깐만요.

케이 왜요, 선생님?

작가 뭔가 빠진 것 같은데요. 그 시에 관해 논의하는 부분들은 다 어디 간 거요?

피츠 (혼잣말로) 젠장.

케이 선생님, 저기, 연출 선생님 보시기엔… 카펜터가 자긴 그 시를 이해 못하겠다고 했잖아요? 그러니까 관객들도 이해 못할 거라는 거죠.

작가 그래서 들어냈다는 건가요?

케이 지금 현재로는요, 선생님.

작가 근데 난 왜 못 들었죠?

케이 연출 선생님이 말씀드리려고 했죠, 선생님. 근데 갑자기 리즈에 가시게 됐잖아요. 전에는 선생님이 뉴캐슬에 계셨었고, 지금은 또 연출 선생님이 리즈에 가셨고. 내일 들여다보면 되죠.

작가 안돼요. 난 카디프에 가야 돼요. 그 시를 잘라내면 끝에 가서 스튜어트가 자기 자아를 찾으면서 관객들한테 얘기하는 부분은 어떻게 하고요? 스튜어트가 바로 칼리반인데.

케이 아, 그 부분은 해요, 선생님.

작가 이 작품 제목이 뭐죠?

케이 〈칼리반의날〉이잖아요, 선생님.

작가 맞아요. 그리고 그걸 미리 예시해주는 게 이 시인데, 그걸 잘라냈잖아요.

케이 그 문제를 놓고 얘기를 좀 했는데요….

작가 아, 얘기를 좀 하셨다? 그 '얘기 좀'이라는 게 어떻게 진행됐나요? '이 부분에서 이 욕을 어떻게 잘라낼까' 하는 그런 얘기요? '역시 작가의 가장 큰 적은 자기 자신이야', 연출이란 작가의 어리석음의 결과물로부터 작가를 구출해내는 일이다, 그런 얘기 말하는 거요? 희곡이 무은 응급실에 실려 온 환자라도 되는 것처럼 마음대로 찢고 꿰매고 하는데, 그 안이 어떻게 맞물려 돌아가고 있는 건지 당신들, 당신들 중 누구도 사실은 전혀 이해를 못하고 있어. 자, 이건 오든에 대한 얘기이고, 그리고 또, 이건 브리튼에 대한 얘기죠. 하지만 이건 그 아이에 대한 이야기이기도 하단 말이오.

도널드 그리고 저에 대한 것이기도 하고요.

작가 마치 원숭이가 시계를 만지작거리고 노는 것처럼 말이오.

피츠 죽여주는구만.

작가 리즈에 통화해볼 수 있을까요?

케이 전화 꺼져 있어요. 제가 해봤어요.

작가 아주 편리하군.

피츠 (중얼거리듯) 무대감독님, 계속 가지. 나 여섯 시에 더빙하러 가야 돼.

헨리 뭔데?

피츠 인터넷 쇼핑. 여덟 개짜리 시리즈에서 첫 번째 거야.

헨리 좋으시겠네.

이 모든 대화는 따로 떨어져서 진행되지만, 기분이 상한 작가에게는 다 감지된다.

무대조감독 (읽어준다) '이제 가줘야겠소….'

오든 이제 가줘야겠소. 난 지금 시간에 대해 생각하고 있거든.

카펜터 (짓궂게) 압니다.

'시계가 없이는
그는 언제 배가 고플지,
성욕을 느낄지 전혀 알지 못하리.'

오든 (말을 자르며) 거 좀 그만둘 수 없소? 시인한테 본인의 시를 인용해서 들려주는 법은 없는 거요. 그건 신뢰를 깨는 행위요. 시란 곧 신뢰예요. 게다가, 내 시들 상당수가 내가 듣기엔 창피하단 말이지. 리비스 박사[16]가 말한 대로, 진짜배기라는 느낌이 안 든단 말이야.
사람들은 내가 내 시를 검열한다고, 자꾸 고쳐 쓴다고, 아니면 사람들이 좋아하는 행들을 잘라낸다고 내게 뭐라고 한단 말이요. 난 더 이상 그런 특정한 감정들을 인정할 수 없어서 그런 거라고 말해주지만, 한편으로는 사람들이 그 부분들을 인용하는 게 짜증스러워서 그런 거거든.
(아이러니컬하게) '우린 서로를 사랑하든지 아니면 죽어야 한다.' (부르르 떤다)

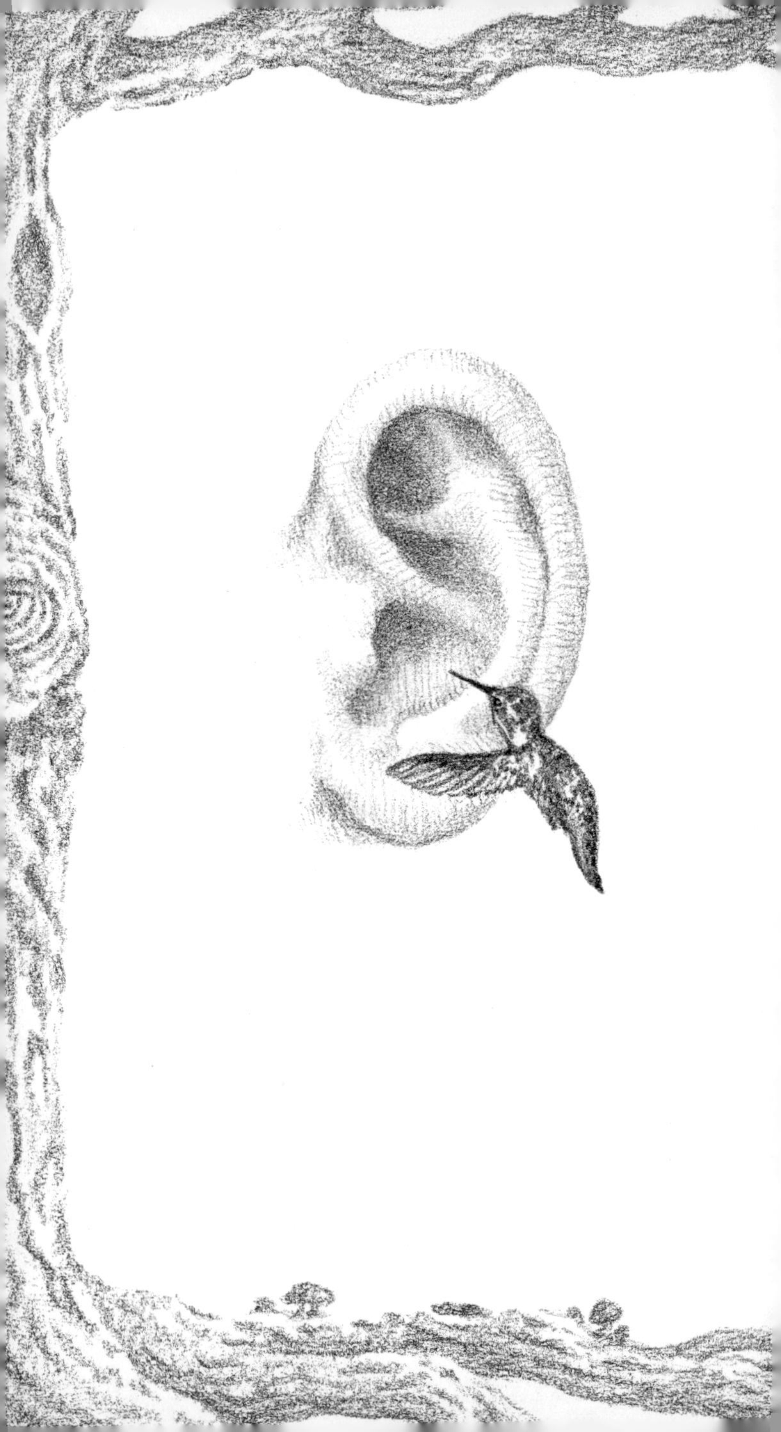

결국에 가면 예술이란 맥주 한 잔 같은 거요. 인생에서 정말 심각한 건 생활비를 버는 것하고 이웃을 사랑하는 거예요.

그가 방귀를 뀐다.

피츠 오든이 뀐 거야, 내가 아니라.

오든 이름이 뭐라고 했더라?

카펜터 카펜텁니다.

오든 주교 아들 중에 이런 사람도 있지. 몽고메리 원수[17]라고.

스튜어트는 초조해지기 시작한다는 신호를 보여야 한다. 예를 들어, 카펜터가 자리를 뜬다고 생각될 때 자리에서 일어난다든가 하는 식으로.

스튜어트 이보쇼, 친구. 내가 대학에 계신 이런 신사분들을 좀 아는데 말이오, 이분이 너무 점잖아서 지금 말만 안 하고 있지, 당신이 여기 있는 게 별로 달갑지 않다는 온갖 신호를 다 보여줬단 말이오. 센스가 좀 있는 사람이었다면 벌써 사라졌을 거요.

카펜터 당신 이분이 누군지는 아나?

스튜어트 이 정도는 알지. 이 양반이 내 손님이라는 거. 그리고 나도 당신이랑 똑같이 스케줄이라는 게 있다는 거. 가야겠네.

카펜터 내가 먼저요.

브리튼이 소년과 함께 피아노 앞에 앉아 있다. 소년은 '물푸레나무 숲'[18]을 부르고 있다.

브리튼 (음악 위로) 너무 무겁지 않게, 쾌활하게 시작하고. 가사가 많잖아, 제발 무슨 뜻인지 생각하면서… 사랑스럽게!

음악이 끝난다.

카펜터 핸드폰 같은 게 없던 시절에 젊은 애들을 불러오는 건 쉽지 않은 일이었습니다. 이제는 화면에 사진이며 신체 치수까지 뜨는 세상이 됐지만요. 그런가 하면 그 당시에는 예고편이나 광고 같은 게 없었기 때문에, 잠시 후에 내게 어떤 일이 벌어질지 모른다는 긴장감이 그런 전자적인 예고들 때문에 반감되는 일 또한 없었습니다.
하지만 그건 오든한테는 해당 사항이 없었습니다. 그런 종류의 긴장감은 오든에게는 이미 거의 의미가 없었습니다. 오든에게 중요한 것은 오직 시간이었습니다. 콜보이에게서 가장 좋은 면이 있다면 그건 그들이 약속에 따라 움직였다는 겁니다. 정각에 벌어지는 섹스.

카펜터는 무대를 떠나지 않아야 한다.

스튜어트 그래서 마사지는 필요 없으시다고요?

오든 필요 없어.

스튜어트 몸 풀고 싶지 않으세요?

오든 싫어.

스튜어트 그런데, 제가 제대로 접수를 한 건가요? 선생님이 제 자질 빠신다고요, 제가 선생님 걸 빠는 게 아니고요?

오든 제대로 접수한 거야.

스튜어트 왜냐면 대개는 그 반대거든요.

오든 그렇지. 하지만 나한테는 그 반대의 반대가 항상 더 매력적이야. 아마 젖을 너무 일찍 떼었던 모양이지. 육체는 혀로 표현되기 때문이기도 하고. (피츠로 돌아가서, 작가에게) 작가 선생, 이게 무슨 뜻인가?

작가 인용구에요.

피츠 그렇다는 것만 알면 됐어.

스튜어트 어떻게 하고 싶으세요?

오든 보통 어떻게 하지?

스튜어트 저야 모르죠. 보통은 제가 빠는 쪽이거든요. 그럴 때는 제가 무릎을 꿇죠. 무릎 꿇으실 수 있으세요?

오든 별로 좋은 생각이 아닌 것 같은데. 영국은 여전히 영국이군. 아직 펠라치오 하나 제대로 마스터하지 못했어.

스튜어트 정말 그렇게 하고 싶으세요? 전 손으로만 해도 만족할 것 같은데요.

오든 난 아냐… 그리고 손님은 난데, 내가 지금 시간 때문에 신경이 쓰이기까지 한단 말이지.

스튜어트 저 안 바빠요. 제가 옷을 벗을까요?

오든 그건 또 왜?

스튜어트 좋아하실 줄 알았어요.

오든 별로. 게다가 시간까지 걸리잖아.

스튜어트 기차 시간 맞춰야 되는 것도 아닌데요.

오든 의자 위에 올라가. 어서.

스튜어트 아, 정말.

스튜어트는 의자 위로 올라간다. 바지를 내리고는 속옷도 내리는 시늉을 한다. 시계가 여섯 시를 알린다.

오든 너무 늦었어.

스튜어트 뭐가요?

오든 여섯 시야.

스튜어트 그래서 어떻게 하시려고요? 호박으로 변신하려고요? 왜 꼭 여섯 시라야 되는데요?

오든 여섯 시라야 되는 게 아냐. 여섯 시 전이라야 되는 거지. 항상 여섯 시였단 말이야. 뉴욕에서는 여섯 시였어.

스튜어트 그래서요? 그러면 여기는 한 시네요. 선생님 자지는 시차도 모르나 봐요? 전 이제 막 올라오기 시작하거든요.

오든 돈 줄게. 흥분할 필요 없어.

스튜어트 이제 막 올라오기 시작하고 있었단 말예요. 휴지 같은 물건 혹시 안 키우세요?

오든은 고개를 젓는다.

스튜어트 왠지 모르겠지만, 없을 줄 알았어요.

작가 (손을 든다) 여기요!

피츠 우리의 작가 선생께서 손을 드셨습니다.

작가 난 이렇게까지 나갈 줄은 몰랐는데.

케이 연출 선생님은 여기서 더 나가고 싶어하세요.

작가 우리가 스튜어트를 제대로 보게 되는 건 마지막에서예요.

케이 기껏해야 엉덩이만 보일 거예요, 선생님.

팀 그러고 전 신경 안 써요.

작가 이 작품은 펠라치오에 대한 게 아녜요.

피츠 이번 경우에는 나도 작가 선생한테 동의하고 싶어지는구만. 그리고 내 입장을 말하자면, 성적으로 무기력해진 상태에서 밤마다 환상을 보는 건 절대 사절이지만,[19] 그렇다고 해서 내가 시도 때도 없이 성기만 벌떡거리는 인간은 아니거든.

팀 그건 제가 고칠 수 있어요. 그 무기력하다는 부분 말예요.

피츠 아가야. 이젠 너무 늦었단다. 게다가 넌 성별이 틀렸어.

케이 이 부분은 내일 다시 들여다보죠. 갑시다.

스튜어트 다시 전화드릴까요?

오든 제시간에 한다는 조건으로.

스튜어트 전 제시간에 왔어요. 대학가에서 고객층을 확보해 가고 있는 중이거든요. 특히 북부 옥스퍼드요. 버스 정류장에서 만나는 손님들보다 수준이 더 높아요.

오든 (돈을 주며) 그렇겠지.

스튜어트 이 돈 받으면 안 되는데. 한 게 없잖아요. 달리 해드릴 것도 없고요. 청소는 좀 해드릴 수 있겠네요.

이건 전혀 환영받지 못하는 종류의 이야기다.

오든 굳이 뭐라도 해서 벌고 싶다면…. 내가 모르는 걸 얘기해줘.

스튜어트 뭐라고요?

오든 누구나 전문 분야가 있잖아. 자네는 뭘 배웠나? 인생이 자네한테 가르쳐준 게 뭔가?

스튜어트 별로 없는데요. 아직 젊잖아요. 지금까지는, 제가 유일하게 알고 있는 건—이걸 어떻게 표현하면 좋을지 모르겠지만—제가 유일하게 알고 있는 건 자지에 대해서예요.

오든 그럼 그거에 대해서 얘기 좀 해봐.

스튜어트 야한 얘기 해드려요?

오든 아니. 그건 전혀 아니고.

스튜어트 왜냐면 그건 할 줄 알거든요. 제가 북부 옥스퍼드 교구 목사한테 가는데요. 거기선 그렇게 해드려요.

오든 국교도겠지, 당연히? 영국 국가 교회?

스튜어트 제가 보기엔 웨일즈 사람인 것 같던데요?[20]

오든 손님들 얘기나 해봐.

스튜어트 그건 안 돼요.

오든 왜?

스튜어트 전 프로예요. 그리고 할 얘기가 있어야 말이죠.

오든 포경 안 한 사람이 많은가?

스튜어트 다 한 건 아니고요. 북부 옥스퍼드보다는 버스 정류장에 포경 안 한 사람들이 더 많아요.

오든 난 일곱 살 때 포경을 했는데, 꽤 늦게 한 셈이지. 포경을 한 애들을 보고 깜짝 놀랐고, 그게 너무 매력적으로 보였어. 식품점 집 아들하고 같이 영화를 보러 가도 된다고 허락을 받았는데, 그 애는 포경수술을 안 했었지. 성기 자체도 매력적이야. 모양이 변하잖아. 그건 두말할 것 없이 욕망의 영향을 받지만, 한편으로 공포나 추위, 그리고… 뭐지?

무대조감독 (읽어준다) '육체를 움츠러들게 하는 모든 선천적인 성향….'

오든 육체를 움츠러들게 하는 모든 선천적인 성향의 영향을 받기도 하지.

스튜어트 그렇죠.

오든 자지에는 그 주인의 개성만큼이나 개별적인 특성이 구석구석에 드러나 있어. 물론 주인의 성격과 자지의 개성이 일치하지 않는 경우도 상당히 있지. 그렇다는 거 알고 있었나?

스튜어트 약간요. 어떤 노인네가 있는데요. 아마 교수인 것 같아요. 자그마하고, 아주 평범한 사람이에요. 그 양반이 아랫동네에 어떤 물건을 달고 있는지 아마 상상도 못하실 거예요. 진짜 끝내줘요.

오든 인간이란 본성적으로… 뭐지?

무대조감독 (읽어준다) '인간이란 본성적으로 자기 안에….'

오든 인간이란 본성적으로 자기 안에…?

무대조감독 (읽어준다) '자기 안에 상호 모순된 특성을 갖추고….'

오든 인간이란 본성적으로 자기 안에 상호 모순된 특성을 갖추고….

피츠 아, 씨발, 이런 걸 어떻게 외워? 난 못해.

어색한 정적.

작가 피츠 패트릭 선생님, 저 때문인가요? 저 때문에 신경 쓰이세요?

피츠 아뇨. 그런데 시야에 걸리긴 하네.

작가 죄송합니다. 비켜드리죠.

자리를 옮겨서 다시 앉는다.

피츠 아, 난 또 간다는 얘긴 줄 알았지.

작가　무서워하실 필요 없어요.

피츠　이 포경에 대한 거 말이야, 이건 작가 선생이 만들어낸 거 맞지?

작가　아뇨. 그 양반이에요. 그 양반이 남긴 노트에 있는 얘기예요. 왜요?

피츠　그 사람을 깎아내린다는 느낌이 들어서 말이지.

작가　'삶에서 있었던 일이 곧 삶의 진실이다.'

피츠　세면대에 오줌 누는 거 같은 것도 그래. 단점에만 계속 초점을 맞추니까 그 사람한테 그런 틀을 씌우는 거란 말이야. 그건—그 사람 본인이 말한 것처럼—무례한 거지. 그건 무례한 거야.

작가　그 말들은 그 양반이 쓴 거지 내가 만들어낸 게 아녜요.

피츠　이 작품에선 그 사람한테 어떤 고결함 같은 것도 부여하질 않아요. 어떤, 위대함… 이런 것도 없고.

작가　그 양반은 그냥 사람이에요. 노인이고.

피츠　그러고 성기 이야기나 하고. 도대체 시는—관객들은 이렇게 생각할 거야—시는 어디 있는 거야?

케이　잠깐 쉬었다 갈까요?

도널드　그러니까요, 제 생각엔 이 부분에 연출이 잘라버린 제 대사가 들어가야 할 것 같아요. '나는

위대한 인간들의 결점에 대해서 듣고 싶은 겁니다….'

케이 내일.

케이는 피츠에게 따로 이야기한다.

케이 혹시 관객들이 선생님을 안 좋아할 것 같아서 그러시는 거예요?

피츠 아냐. 안 좋아하기야 하겠지만 그건 상관없어. 근데 이자가 너무 동감하기 어려운 인물이라는 걸 미처 생각 못했던 거지. 너무… 추잡해. 내가 오든이 항상 책을 읽고 있어야 한다고 한 것도, 그 사람한테 좀 더… 신뢰성을 부여해줄 필요가 있어서 그런 거야.

케이 그건 아니죠, 선생님. 선생님이 오든이 책을 읽고 있어야 한다고 하신 건 그렇게 해야 그 책들 속에 대사 쪽지를 끼워놓을 수 있어서 그러신 거잖아요.

피츠 아냐.

케이 〈헤다 가블러〉에서 그렇게 하셨잖아요.

피츠 내가?

케이 〈바냐 아저씨〉 할 때도 그러셨구요. 오이디푸스가 눈만 멀지 않았더라면 그 작품에서도 그렇게 하셨을걸요?

피츠 자기가 이게 어떤지 몰라서 그래.

케이 항상 그렇다는 건 알죠…. 대사 다 외우실 때까진요.

피츠 작가가 그냥 '피츠 패트릭 선생님!' 이래 가면서 앉아만 있지 안 도와주잖아. 극작가라는 사람들은 전혀 실감을 못해. 배우는 상황에 부닥쳐야 되고, 거기서 길을 찾아가면서 뚫고 나가야 된다는 걸 말야. 화장실 좀 갔다 올게. 시간이 좀 걸릴 거야.

케이가 피츠를 안아준다. 피츠 퇴장.

팀 왜 대본을, 그냥, 저… 안 외우죠?

케이 늙으면 점점 힘들어져. 벌써 머릿속에 뭐가 많이 들어 있잖아.

케이는 이제 작가에게 말한다.

케이 어제는 훨씬 나았어요. 선생님이 긴장하게 만드세요.

작가 저 양반 아직 대사를 몰라.

케이 그래도 이제 거의 외워가잖아요. 오늘 처음으로 쭉 가보는 거예요.

작가 쭉 가요? 지금 이걸 쭉 간다고 하는 거요? 엉덩이 양쪽 모두에 인공뼈를 집어넣고 관절염 때문에 절뚝거리는 여든 살 되신 우리 할머니도 지금 이것보다는 훨씬 더 잘 쭉 가실 거요. 게다가….

케이 게다가 뭐요, 선생님?

작가 저 양반은 오든처럼 보이지도 않아요.

케이 글쎄, 뭐, 좀 큰 편이긴 하죠, 하지만 이건 연극이에요, 선생님. 겉모습에 대한 게 아니잖아요. 연출 선생님한테는 내면의 리얼리티가 더 중요하기 때문에 오히려 그런 손쉬운 겉 모방은 멀리하시는 거예요. 헨리 선생님도 브리튼하고 전혀 안 닮았잖아요. 키야 크죠, 하지만 딱 거기까지예요. 그리고 험프리 카펜터도 실제로는 상당한 미남이었고요.

도널드가 그럴 생각이 있었던 건 아니지만, 이 말을 얼핏 듣는다. 당연히 우울해진다. 케이는 이제 화살을 무대조감독에게 돌린다.

케이 다시는 그런 식으로 하지 마.

무대조감독 제가 어떻게 했는데요?

케이 배우를 고쳐주는 거. 대사를 불러주는 건 좋아—'바다와 거울'이 됐건 어쨌건—하지만 바보로 보이게 하진 말란 말야.

무대조감독 죄송합니다.

케이 너 어린애들한테 그렇게 하니? 안 하잖아. 배우들이 뭐야, 어린애야. 그냥 행복하게 해줘.

작가 날 행복하게 해주려는 사람은 아무도 없구만.

케이 선생님은 관객을 마주 대하지 않아도 되잖아요. 선생님은 배우들처럼 육탄전에 나가는 입장이 아니잖아요. (갑자기 팀을 향해 돌아선다.) 분장했어?

팀 사람들이 눈치 챌 정도로 하진 않았는데요.

케이 어쨌든 왜, 자기야?

팀 제가 나이가 너무 들어서요.

케이 자기야, 이제 스물다섯이잖아.

팀 스물아홉이에요. 제가 콜보이잖아요. 근데 전혀 보이 같질 않아서요.

케이 그건 그냥 표현이지. 자긴… 자긴 콜맨하면 되지. 여긴 무대야, 자기야. 마법이 일어나는 데잖아. 에디스 에반스를 봐. 본인이 스스로 젊다고 생각하니까 그렇게 보이잖아.

팀 그 사람이 콜보이를 연기했던 건 아니잖아요.

피츠가 돌아온다.

케이 자, 어디 하고 있었죠?

피츠 아. 난 아직 자지 근처에서 못 벗어났어. 놀랍게도 말이지. 내가 보기엔 앞으로도 계속 그럴 것 같은데.

작가 오든은 계속 그랬어요. 그게 그 사람이었어요. 계속 그랬어요. 쭈욱. 오든이 실제로 했던 일 말고 다른 걸 통해서 그 사람을 보여줄 방법을 알려주시면 저도 정말 고맙겠습니다.

케이 고맙습니다. 팀!

스튜어트 전 자지가 이렇게 대화의 소재가 될 수 있을 줄은 몰랐어요. 제가 그런 걸 제공할 수 있으리라는 건 생각도 못해봤어요. 물론, 저기, 섹스를 위해서가 아니라 이렇게 점잖게 얘기를 나누는 용도로 말예요.

오든 안 될 게 뭐 있나? 그게 사람인걸. 그 이상은 없어. 그놈에 대해서는 시까지 한 번 쓴 적이 있지.

스튜어트 그래요? 읽어주세요.

오든 싫어. 안 좋은 시였어.

카펜터 (툭 튀어나오며) 〈순수한 오랄〉[21]이라는 시였죠.

피츠 아, 깜짝이야.

도널드 왜요?

피츠 당신이 거기 계속 있을 줄 몰랐거든. 그래서.

도널드 어디엔가는 있어야 할 거 아녜요.

피츠 저 친구가 저기 있는 걸 내가 의식하나요?

작가 아뇨. 저 친구 저기에 없어요.

도널드 그럼 난 어디 있죠? 마음속에 있는 건가요?

작가 그건 중요하지 않아.

도널드 저한테는 중요해요. 알아야 뭘 하죠. 잠깐만요.. 이 문제 결정하고 넘어가죠. 내가 꼭 무슨 예비로 갖다 놓은 물건 같단 말예요. 잠깐만 시작 부분으로 다시 돌아가보죠.

피츠 오, 제발 좀.

도널드 전 1972년에 옥스퍼드로 돌아온 오든을 인터뷰하고 있어요. 인터뷰는 콜보이가 오면서 잘려버려요. 오든은 그 전에 잠깐 동안 저를 콜보이로 착각하죠. 그 지점에서 제 역할은 끝나고, 관객들은 제가 무대를 떠날 거라고 생각하게 돼요. 하지만 전 안 떠나죠, 왜냐면….

작가 왜냐면 자네는 오든에 관한 문학적 전기의 작가로서, 또 그로부터 십여 년 후에는 벤저민 브리튼의 전기 작가로서, 관객들에게 두 사람의 삶에 대해 이야기를 전달해줄 수 있는 아주 특수한 위치에 있기 때문이지. 그러니까 자넨… 화자가 되는 셈이지.

도널드 전지적 인간. 근데 전 제가 그냥 다른 사람들을 짜증나게 하는 역할만 하는 것 같다는 거죠. 중간에 가로막고 서 가지고요.

피츠 왜냐면 실제로 그렇거든.

케이 아녜요, 선생님. 아녜요.

작가 자네가 오든을 짜증나게 하는 것 맞아, 동의해. 하지만 전기 작가들은 항상 자기 글의 대상을 짜증나게 하지.

도널드 만약 이게 TV라면, 전 그냥 목소리로만 나오고 사람들은 절 의식도 못하겠죠. (사이) 전 그냥… 전 제가 그냥… 하나의 장치인 것 같아요.

케이 장치? 아냐, 자기야. 아냐.

도널드 맞아요. 그거예요.

케이 장치가 아냐, 자기야. 난 자기 역할을 단순한 장치로 생각한 적 없어.

무대조감독 만약 장치라고 하더라도 아주 좋은 장치예요. 왜냐면 그 역할이 없으면 등장인물들이 각자가 알고 있는 것들을 서로에게 얘기해줘야 할 테니까요.

케이 바로 그거야. 장치는 좋은 거야.

헨리 어쨌거나, 장치라는 게 뭐야? 호레이시오도 장치야. 바보도 장치야. 그리고 코러스도…. 흠… 코러스야말로 장치지.

케이 (도널드에게 다가서며) 오, 자기야. 진작 말하지. 장치라니! 아냐.

케이는 도널드의 손을 잡는다. 이 부분은 심하게 과장된 멜로드라마 같아야 한다.

도널드 왜냐면 말이죠, 실제로는 그 사람은 장치가 아니었거든요. 험프리 카펜터 말예요. 정말 흥미롭고 재능 있는 사람이었어요. 제가 다 찾아서 읽어봤는데, 카펜터는 글 쓰는 것 말고도 엄청나게 많은 일을 했어요. 그 사람은 재즈 밴드도 가지고 있었어요. 옷을 쫙 빼입고 나와서 연주하는 걸 좋아했었죠. 게다가 '라디오쓰리'[22]도 그 사람이 시작한 거나 마찬가지예요. 어쨌든, 이런 사실들 중에 몇 가지를 활용해서 제가 도구로 사용되고 있다는 사실을 좀 무마시키면 어떨까 하는 생각이 드는 거죠…. 아뇨, 정말 난 도구예요. 그리고, 이 인물의 다른 면들을 사용해서 그걸 살짝 가릴 수만 있다면 제가 도구처럼 이용돼도 관계없어요.

작가 (수상쩍다는 듯이) 뭘 이용해서? 어떤 종류의 걸?

카펜터 예를 들어서 그 사람 음악이요. 이따가 제가 준비해본 걸 한번 해볼 수 있을까요? 도움이 될 텐데요.

케이 당연히 해볼 수 있지, 자기야.

그러고 나서 케이는 자기에게 문제 제기를 하려는 작가와 피츠를 눈짓 하나로 제압해버린다.

케이 음악적인 거, 좋지, 자기야. 다들 마음에 들 거야. 화장실에 잠깐 갔다 올래, 자기야?

도널드 퇴장.

작가 느닷없이 웬 놈의 음악?

케이는 두 손을 번쩍 치켜든다. 전혀 자기 책임이 아니라는 듯이.

작가 카펜터 당연히 도구 맞아. 그리고, 그거라도 고마워해야지. 배우란 정말… 있는 대사만 그냥 하면 좀 안 돼? 왜 연극이 항상 무슨 대단한 퍼포먼스가 돼야 돼?

케이 작가 선생님, 제발 진정 좀 하실래요! 갑시다.

무대조감독 (큐를 주며) '그래, 콜보이라는 직업이…'

오든 그래, 콜보이라는 직업이 마음에는 드나?

스튜어트 평생직업은 아니었으면 좋겠어요. 예상하지 못했던 사람들을 만나게 되는 건 있죠…. 선생님처럼요. 그런데, 괜찮으시면요, 절 콜보이라고는 좀 안 불러주셨으면 좋겠는데요.

오든 왜? 그게 자네 직업이잖나. 자넨 콜보이야. 나는 시인이고. 저 벽 너머에는 크라이스트처치대학의 학장이 살지. 우린 각자 다른 역할을 맡아 하고 있는 거야.

스튜어트 그래도 제가 언제까지나 이 일을 할 건 아니거든요. 이 일을 하곤 있지만, 이게 곧 나는 아네요.

오든 아니지. 물론 나야 시인이 될 운명이었지만. (일어선다) 그다지 가능성 있는 일은 아니지만, 자네가 크라이스트처치대학의 교수 테이블에 같이 앉는 동료가 된다 하더라도, 두 가지 이유 때문에 우린 이런 대화를 나눌 수가 없을 거야. 첫째로, 그리고 너무나 빤하게도, 예절 때문이지. 부적절하다고 여겨지겠지. 둘째로, 이건 나한테는 매우 지루한 이유인데, 자네는 어느 모로 보나, 내가 알기로는 좋은 뜻을 가진 사람들이 요즘 성노동자라고 부르는 사람이란 말이야. 자지에 대한 실질적인 대화가 이뤄지는 업종이지…. 그런데 크라이스트처치대학의 교수 테이블에서는, 내 생각에는 말도 안 되는 거지만, 상업에 관한 대화는 하지 않는 게 관례란 말이지.

전화가 울린다.

오든 예? 예, 알겠습니다. 몇 시라고 하던가요? 몇 시요? 고맙습니다.

수화기를 내려놓는다.

오든 일곱 시경이라는 게 몇 시인가?
스튜어트 일곱 시 직전이죠. 직후거나.
오든 그렇지. 그러니까 전혀 시간이 아닌 거지. 일곱 시경이라니.
스튜어트 왜요?
오든 누가 찾아올 거라는군. 옛날 친구가.

주위를 정돈하기 시작하지만 별 소용이 없다.

오든 자넨 가야겠어.

스튜어트는 고개를 끄덕인다.

스튜어트 뭐 좀 여쭤봐도 될까요? 사적인 건데요. 선생님 얼굴이 항상 그랬나요? 주름살 같은 거랑 말예요.

오든 아니. 내가 젊었을 때에는—그러니까, 자네만 했을 때—그땐 피부가 매끄러웠지. 한번은 스웨덴 선원 같다는 얘길 들은 적도 있었지. 아마 지금도 마찬가지일 거야. 스웨덴 선원이 인생 말년에 어떤 모습을 하고 있을지 누가 알겠나? 요즘에는 내 얼굴이 불알 같다는 얘길 듣지.

스튜어트 아녜요. 선생님 얼굴은 제가 인생을 겪어낸 얼굴이라고 말하는 그런 얼굴이에요. 아주 두드러지는.

오든 고맙네.

브리튼이 오디션을 끝내고 있다. 도널드와 의상 담당 랄프가 조용히 들어선다. 랄프는 마스크를 담은 상자를 가지고 들어온다.

브리튼 고마워. 아주 고마워. 네 목소리는 아직 이른 아침에 나는 소리 같은데, 지금은 한참 오후란 말야. 자, 그러니까, 오늘은 우리 즐거운 노래 하나 부르면서 재미있게 지내다가 그만 끝내자. 알았지?

소년은 브리튼이 편곡한 '톰, 피리 연주자의 아들 톰Tom, Tom the Piper's Son'을 부른다.

브리튼 소릴 감추지 마. 그렇지, 원래 거친 소리가 나야 되는 거야. 이건 현대음악이야. 더 세게!

오든은 이제 졸고 있다.

카펜터 혼자 남겨진 시인, 이 순간을 영상에 담는 겁니다. 카메라가 슬그머니 기어들어가서 그 유명한 굴곡진 얼굴, 주름살들의 집회장에 클로즈업으로 다가가는 거죠.

케이 (작가에게) 연출 선생님이 이걸 어떻게 하시려고 하는 건지 전 잘 모르겠어요. 한번 말씀하시긴 했지만 말예요.

랄프 (마스크를 써보라고 피츠를 무대 상수 쪽으로 부른다) 피츠 선생님, 이거 갖고 왔어요!

무대조감독이 크게 확대된 오든의 사진을 세트 뒤쪽에서 끄집어 내온다.

작가 연출이 리즈에서 영감을 좀 받아서 오겠죠. 그렇지 않으면, 확신이 없을 땐 빼는 거야. 그래봤

자 연극이야.

케이 맞아요. 어쨌든 해보죠, 뭐. 톰!

주름살들은 무대감독 팀에서 맡아서 연기한다.

주름살 1 (케이가 연기한다) 나는 시인의 얼굴에 나 있는 수많은 틈 중 하나입니다. 난 내 동료들과 더불어서 경피골막증을 구성하죠. 동화 속에서는 이름에 들어 있는 수수께끼를 풀고 나면 그 이름을 가진 물건의 주인이 되지만, 하지만 불행하게도 의학의 세계에서는 경피골막증이라고 아무리 불러봐도 치료 방법은 없고 무덤까지 그대로 가지고 가게 됩니다.

주름살 2 (무대조감독이 연기한다) 하지만 밝은 면을 보자면 그의 얼굴이 누구나 좋아하는 석회암으로 만들어졌더라면 맬햄 지역의 동굴 속 갈라진 틈들이 그렇듯이, 그의 얼굴 역시 골고사리나 바늘패랭이 같은 희귀식물들의 보금자리가 될 수 있을 겁니다. 하지만 현 상황에서는 우리의 이 더러운 틈에는 아무것도 서식하지 않고 청소도 되지 않은 상태로 유지되고 있어서 우리가 보여주는 거라고는 큐 팁이 사용될 기회를 놓쳤다는 사실과 함께 보톡스로는 될까 하는 의문뿐입니다.

피츠가 오든 마스크를 쓰고 나타난다.

도널드 어이쿠!

케이 아이구머니나!

피츠 생각보다 근사한데. (목소리가 불분명하다) 어떻게 보여?

여기저기서 "진짜 그 사람처럼 보여요." "말론 브란도 같아요." (기타 등등)

피츠 난 줄 모르겠지, 그지? 완전히 감춰주는데?

도널드 예, 안 보여요. 분장 시간을 한참 줄이겠네요.

케이 그 안에서 대사할 수 있겠어요?

피츠 응.

헨리 그 안에서는 대사를 기억할 수 있을까, 의문은 그거지.

노래하는 소년 찰리가 와서 오든을 쳐다본다. 전과 마찬가지로 표정에 아무 변화가 없지만, 이번에는 최소한 닌텐도를 들여다보고 있지는 않다. 피츠는 아이를 겁주기 위해 마스크 쓴 얼굴을 흔들어보지만 찰리는 전혀 겁을 집어먹지 않고 여전히 표정의 변화 없이 마스크를 노려본다. 보호자가 와서 밖으로 데리고 나간다.

작가　　무대감독님, 이건 누구 아이디어였죠?

케이는 피츠 쪽으로 눈을 굴린다. 작가는 절망한다.

케이　　그래도 시도는 해볼 수 있게 해줘야죠, 선생님.

작가　　(머리를 두 손에 파묻고 있다) 더도 덜도 아니고 딱 마스크처럼 보여요. 브리튼도 마스크를 쓰고 험프리 카펜터도 마스크를 쓴다면, 좋아요. 하지만… 이건 그냥 이미지 복사가 되는 거예요.

케이　　연출 선생님이 뭐라 그러시는지 보죠.

피츠　　뭐, 나는 마음에 들어.

케이　　지금 쓰실 거예요?

피츠　　(마스크를 벗으며) 지금은 잠깐 벗고 있을래. 상당히 덥군. 연습을 좀 해야겠어.

랄프는 피츠에게서 마스크를 받아들어 상자에 집어넣는다.

케이　　계속하죠. 준비됐어요?

오든　　(피아노를 연주하며 노래 부른다.)
'내 두 눈은 주가 오시는 영광을 보았네.
주께선 분노의 포도가 저장되어 있는 술통을
짓밟고 나오시네.

주께선 당신의 무서운 빠른 칼을 휘둘러 숙명의
번개를 내리치시네.
주의 진실이 전진하신다.
영광, 영광 할렐루야, 영광, 영광 할렐루야
영광, 영광 할렐루야, 주의 진실이
전진하신다.'[23]

이 노래의 중간 어디쯤에선가, 브리튼이 방 안으로 슬그머니 들어온다.

오든 (돌아보거나 그가 들어오는 걸 보지도 않은 채) 오지 않을 거라고 생각하기 시작하고 있었네.

브리튼 이제 겨우 일곱 신걸.

오든 아니. 일곱 시가 지났지.

브리튼 우리가 못 보고 지낸 지 20년인데, 5분이 그렇게 대순가? 안 그래?

오든 (영웅 같은 모습으로) 아니지. 그리고 만나서 반갑네.

두 사람은 각자 서로를 안아줘야 하지 않을까 생각하지만 그러다가 어색한 악수만 하게 된다.

브리튼 좀 앉아도 될까?

오든 그럼.

오든은 브리튼이 앉기 전에 의자 위에 있던 뭔가를 치워준다.

브리튼 몸이 좀 안 좋다고 들었는데.

오든 자네야말로 몸이 안 좋다고 들었는데. 정말인가?

브리튼 그럴지도 모르지. 자네는?

오든 이렇게 해서 우리도 대개의 옛 친구들이 하는 것처럼 서로 상대방의 노쇠한 정도를 비교하기 시작하는군. 사람들 말이 내 심장이 약하다고 하더군. 그게 무슨 뜻이든 말이지.

브리튼 나도 심장이 안 좋아. 어떤 땐 지휘하려고 팔을 들어올리는 것도 어려워.

오든 오, 난 그 정도는 할 수 있어. (그렇게 한다) 지휘는 할 줄 모르지만, 물론.

브리튼 어쨌거나, 아주 괜찮은 간호사가 항상 붙어 있으니까.

오든 오, 난 그런 건 없어. 그래도 체스터가 있으니까.

브리튼 여기 없는 것 같은데?

오든 아테네에 있지. 피터는?

브리튼 토론토에.

어색한 침묵.

오든 누구 만나는 사람은 있나?

브리튼 특별히 뭐… 자넨?

오든 한두 사람. 씨릴 코놀리.[24]

브리튼 설마.

오든 아이사이아 벌린.[25]

브리튼 말도 안 돼.

오든 레슬리 로즈.[26]

브리튼은 고개를 설레설레 젓는다.

오든 스펜더.[27]

브리튼 괜찮지.

오든 스펜더는 누구나 다 알지. (잠깐 사이) 아, 벤지. 미안하이. 보게 돼 정말 반갑네.

오든은 브리튼의 손을 들어 입을 맞추려 하지만, 브리튼은 비명을 지른다.

브리튼 아픈 팔이야.

오든은 고개를 숙여 그 손에 입을 맞추고는 행복한 미소를 짓는다. 두 사람 모두 앉는다.

브리튼 오디션을 하고 있었어. 남자애를 하나 찾고 있거든. 그래서 온 김에 한번 들러보자 싶었지.

오든 그래서 찾았나? 남자애.

브리튼은 고개를 가로젓는다.

브리튼 다들 너무 완벽해. 내가 이상적으로 원하는 건 거의 깨질 것 같은 소린데 말이야.

오든 남성적 균열이 일어나기 직전의 목소리를 원하는 건가?

브리튼 그거 자네 건가?

오든 '남성적 균열'? 아니. 《심벨린》에 나온 말이지, 아마. 아쉽게도. 자네가 와 있는 줄 알았지. 아까 오후에 막달렌 밖에서 자넬 봤거든. 버스에서 막 내리고 있던 참이었는데, 자네가 커다란 승용차에서 내리더군. 아주 큰 차. 비가 거의 안 내리는데도 누군가가 우산을 받쳐 들고 자넬 기다리고 있고, 또 다른 사람 하난 자네 가방을 들고 있고 말이야. 그자가 자네를 건물 안으로 인도하려고 다른 사람들을 가로막기 전에 인사를 했었던가, 확실치 않군. 물론 스트라빈스키도 그런 대접을 받았었지. 사람들이 자네를 마에스트로라고 부르나?

브리튼 가끔. 알브르[28]에서는 아니지만.

오든 하! 분균형 지점에 맞닥뜨리게 되는군. 다른 장르들보다 음악을 더 존중하기로 합의한 자들 안의 내부 균열. 물론 음악은 신비한 것이고, 문학은 그렇지 않지. 모두들 그 사실을 존중해야 한다는 데 동의하고 있고. (내가 원하는 바는 아니지만.)

브리튼 나도 원하지 않아.

오든 그렇지. 하지만 그런 공간이 주어지지. 주변에 사람들이 모이고. 인생이 그렇게 새로 꾸며지고. 내가 정말로 부러워하는 건 자네가 아직도 일을 하고 있다는 사실이지만 말이야.

브리튼의 약한 면들이 이따금씩 눈에 드러난다. 오든의 약점과는 다른 종류의 것이다.

브리튼 자넨 일 안 하나?

오든 매일. 일 말고는 아무 것도 안 해. 나한테는 예술하는 습관이 있어. 아늑한 가정사에 대한 시들을 쓰지. 달빛이 비추이는 내 안의 풍경을 바쁘게 가로질러 가는 몇 가닥 상한 감정들을 포

착해보려는 그런 시들 말이야. 그래도 글을 쓰는 건 확실히 치유효과가 있어. 그게 요즘 사람들이 쓰는 말 아닌가? 치유효과가 있다는 거. 내가 젊었을 땐 토머스 하디의, 마치 독수리 같은 매서운 안목을 부러워했었지…. 아주 높은 곳에서 삶을 내려다보는 그 사람의 방식 말이야. 나도 그걸 시도해봤지. 그런데 이제 와서 보니까 나는 이미 지상에 내려와 있어. 그자가 내 입에서 말을 꺼내 갔어.

브리튼 누가?

오든 누가 됐든, 애초에 내 입에 말을 넣어준 바로 그자. 하지만 그래도 난 일을 해야 돼. 아니면 난 도대체 누구야? 내가 두려워하는 건, 심판의 날이 왔을 때 내가 제대로 살았더라면 썼을 법한 시를 하나님이 읊고 있는 걸 들어야 하는 벌을 받는 거야.

브리튼 자네하고 단 둘이 같이 있어본 게 벌써 30년은 됐는데, 딱 5분 지나니까 예전의 분위기로 자연스럽게 미끄러져 들어가는군. 그때처럼 말 한마디 못하겠는 것도 그렇고. 난 지금, 넌 우체국 영화부 스튜디오에서 효과음과 사운드 믹싱 작업을 하고 있는 스물세 살짜리 신동이 아니다, 라고 되뇌고 있는 중이야. 너는 벤저민 브리튼

이다. 옴.

오든 옴! 난 이따금씩 낭송회를 하지, 주로 미국에서. 거기 사람들은 항상 나를 좋아해. 영국인들은 좀 더… 신중하지. (사이) 피터는 어때?

브리튼 토론토에 있어.

오든 체스터는 아테네에 있어. 아테네에 자주 가지. 피터는 친구가 있나?

브리튼 친구? 아, 친구. 글쎄, 있는진 모르겠는데…. 내가 절대 안 물어보니까.

오든 있단 말을 안 들었다니, 운이 좋군. 난 들었지. 우리 둘 다 참 훌륭해졌어, 오래 유지해온 파트너들도 있고 말이야. 자넨 뭐라고 부르나?

브리튼 피터 말인가?

오든 내 친구라고 하나? 내 파트너? 내 반려자?

브리튼 어떤 이름으로도 부르지 않으려고 노력하지.

오든 하긴 우리 중 누구도 실제로 그런 말을 해본 적이 없지, 있던가? 평생을 사회적으로 지지받지 못한 비정상적인 신분으로 살아온 처진데, 이제 이 사회의 불안해하는 가슴을 그러안을 필요가 뭐 있겠어. 나는 어떤 선언을 하거나 그런 시늉이라도 해야 할 필요를 한 번도 못 느껴봤네. 그러니 '커밍아웃'이란 것도 없는 거지.

그래도, 문학에서는 사정이 다르지. 내 시들을

꼼꼼히 분석해보고 거기 쓰여진 대명사들을 들여다보면 뒤늦게나마 모종의 짐작을 할 수 있게 된단 말이야. 거기에 대해 특별히 말한 사람은 없었지만 이제는 다들 그렇게 받아들이지. 알브르에서는 자네의 작업방식에 대해 뭐라고 하는 사람 없든가?

브리튼 항상 피터하고 같이 하는 거 말인가? 아니. 물론 없지. 알브르의 여자들은 그렇잖아도 철갑으로 둘러싸고들 있으니까 어차피 관계없고. 자네도 이젠 유행에서 멀어지는 건가?

오든 스무 살 때에는 노인네들을 괴롭히려고 애썼지. 예순이 넘고 나니까 이젠 젊은 것들을 놀래켜주고 싶어. 내가 이미 오래전에 군대를 조롱하는 걸 그만둔 뒤로 좌파들은 나를 용서하지 않고 있어. 마음이 괴로워. 마음이 괴롭다는 게 싫은 건 아니지만.

브리튼 내 작품 중에 전반적으로 잘 받아들여진 마지막 작품은 '전쟁 레퀴엠'이었어.

오든 난 못 들어봤어.

브리튼 아주 인기가 좋았지, 물론 음악적으로 훈련된 사람들은 고개를 돌렸지만. 스트라빈스키는 전혀 안 좋아했어. 지금 저만치 앞서 나가고 있는 건 티펫이야. 나는 더 이상 아방가르드가 아냐.

지금 학생들이 듣고 모델로 삼는 건 티펫이야. 판돈은 티펫한테 다 걸려 있어.

오든 예술은 테니스가 아냐, 벤. 꼭 이기지 않아도 돼.

브리튼 그걸 잊고 있었군.

오든 뭘?

브리튼 자네는 내가 마음에 들지 않을 때마다 학교 선생님으로 변해서는 나를 벤이라고 부르지. 다른 사람들이 나를 부르는 이름 말이야. 자넨 날 항상 벤지라고 불렀지. 그 친구는 사람은 괜찮은데, 하지만 너무… 나약해.

오든 미안하지만, 누구 얘기지?

브리튼 티펫. 요즘 사람들은 내가 너무 건조하다고 생각해. 메말랐다는 거지. 나는 절제하고 있는 건데, 메마른 게 아니라.

오든 사람들이 뭐라 생각하든 무슨 상관이 있나?

브리튼 난 누굴 놀래켜야겠다는 생각을 해본 적이 전혀 없어. 새 곡이지만 전에 들어본 것 같다는 느낌을 주고, 그래서—심지어 그 음악을 처음 들어보는 사람도—귀향을 하는 것 같은 느낌을 얻기를 바랄 뿐이야. 누구나 다. 어쨌거나, 난 이제 더 이상 사람들의 사랑을 받는 입장이 아냐. 자네한테야 그게 반가운 소식이겠지.

오든 나한테? 왜?

브리튼 언젠가 한번 그랬잖은가. 그게 내가 원하는 거라고. 사랑받는 것.

오든 내가 그랬나?

브리튼 지금이야 간신히 매달려 있는 형국이지만.

오든 그건 오해야. 매달려 있다는 것.

브리튼 난 그렇다고 확신하네.

오든 우리가 인생을 가지고 있는 게 아냐. 인생이 우리를 품고 있는 거고, 때때로 자기 이빨 사이에 우릴 물고 있지. 이 노쇠하고 미치광이 같은 삶이 그 이빨로 우릴 물고 있는 거야…. 그 이빨들 사이의 틈이나 구멍에 끼어 있는 건지도 모르지만, 어쨌거나 여전히 그놈의 이빨인 거지. 인생이 우릴 먼저 풀어놓아주기 전에는 우리가 먼저 풀어놓을 방법은 없는 거야.

사이.

브리튼 할 말이 없네. 피아노 앞에 앉아서 반주를 하고 있었더라면 자네 이야기에 뭔가를 좀 보탤 수도 있었겠지만.

오든 내가 영국으로 돌아오려고 미국을 떠날 때, 같은 건물에 살던 누군가가 색소폰으로 '집으로 가는 길을 내게 알려줘'[29]를 연습하고 있었지.

브리튼 그랬군.

사이.
브리튼은 '집으로 가는 길을 내게 알려줘'를 피아노로 연주한다.

오든 벤지, 지금 날 보러 온 이유가 뭔가? 쉽지 않았을 텐데 말이야. 난 시체야. 완벽하게 죽어 있었는데, 나를 무덤에서 불러내 일으키는 이유가 뭔가?

브리튼 지금 작업 중인 게 있나?

오든 특별한 건 없어. 일이야 매일 하지. 하지만 없어. 이젠 나한테 일을 부탁하는 사람이 아무도 없거든.

브리튼 요즘 작업을 하나 하고 있지. 오페라. 〈베니스에서의 죽음〉.

오든 그래, 들은 것 같군. 좋은 소재지.

브리튼 그렇게 생각하나?

오든 그래, 벤지. 아주 좋은 아이디어야. 여태 아무도 하지 않았다는 게 놀라워. 오페라로 만들기에는 최고지.

브리튼 그런데 쉽지 않아.

오든 물론 쉽지 않지.

사이.

브리튼 와이스턴, 기억을 되살려보려고 하고 있었어. 우리 어떤 식으로 일했었지? 시작을 어떻게 하곤 했지?

사이.

케이 그리고 커튼이 내려온다. 차 마십시다!
피츠 근데 케이크가 없어. 노 케이크!
무대조감독 15분간 휴식입니다, 여러분!

막간 휴식.

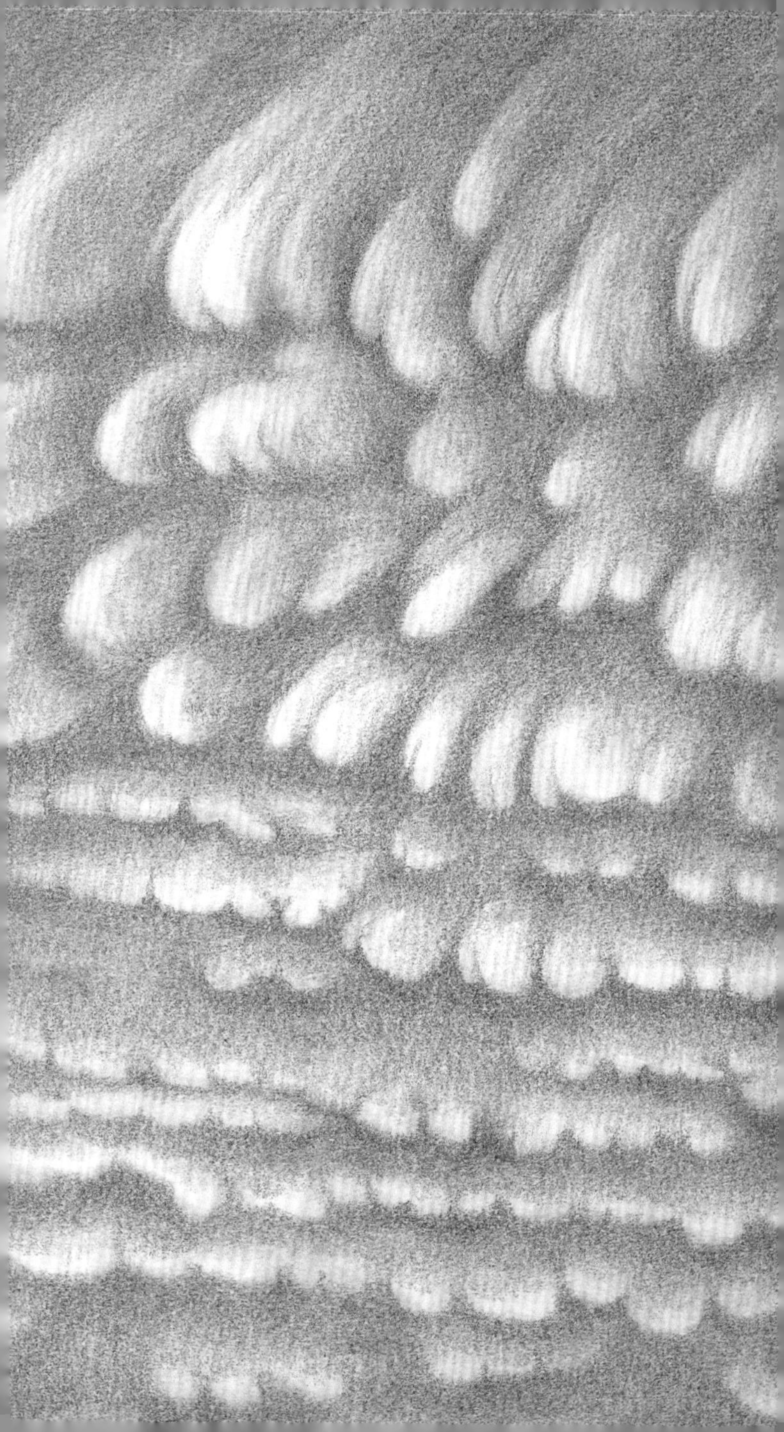

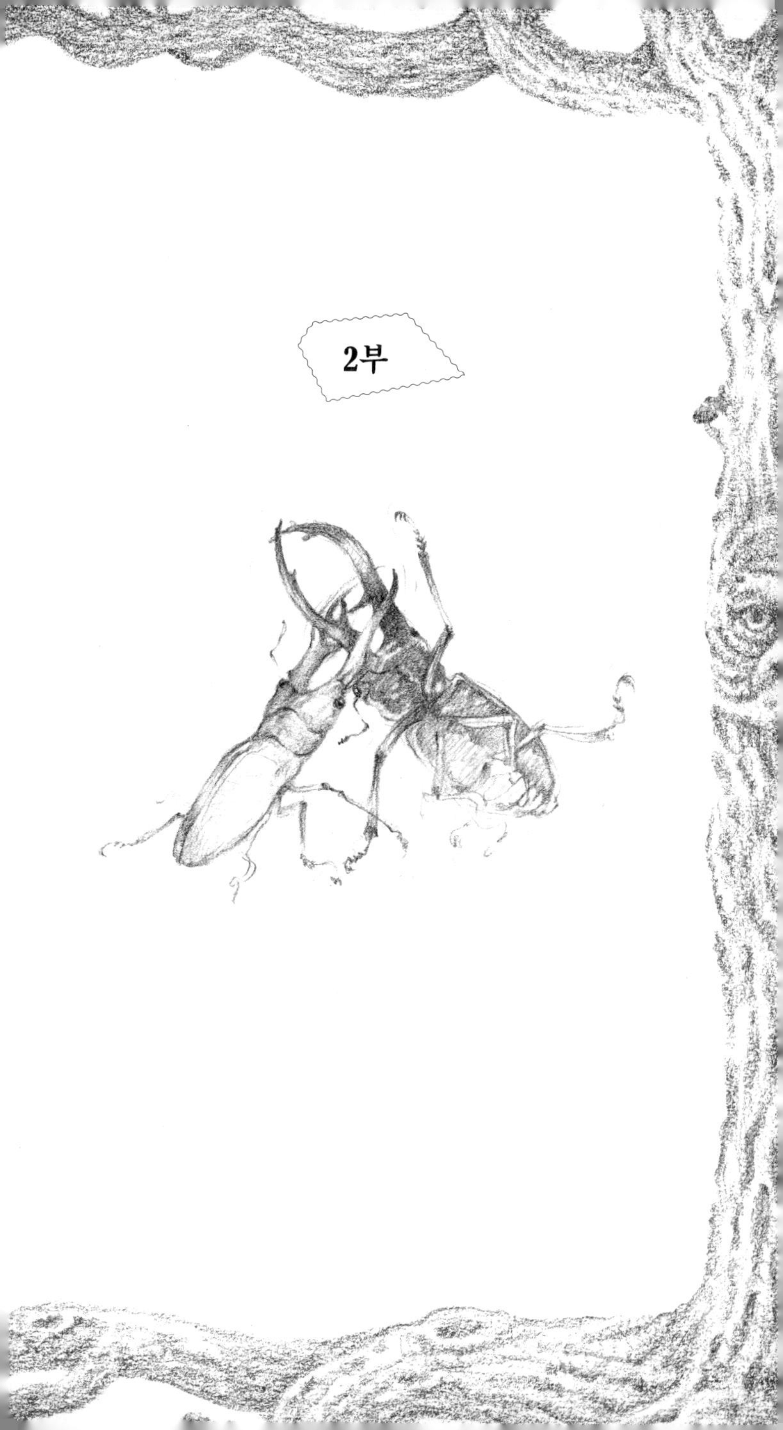

2부

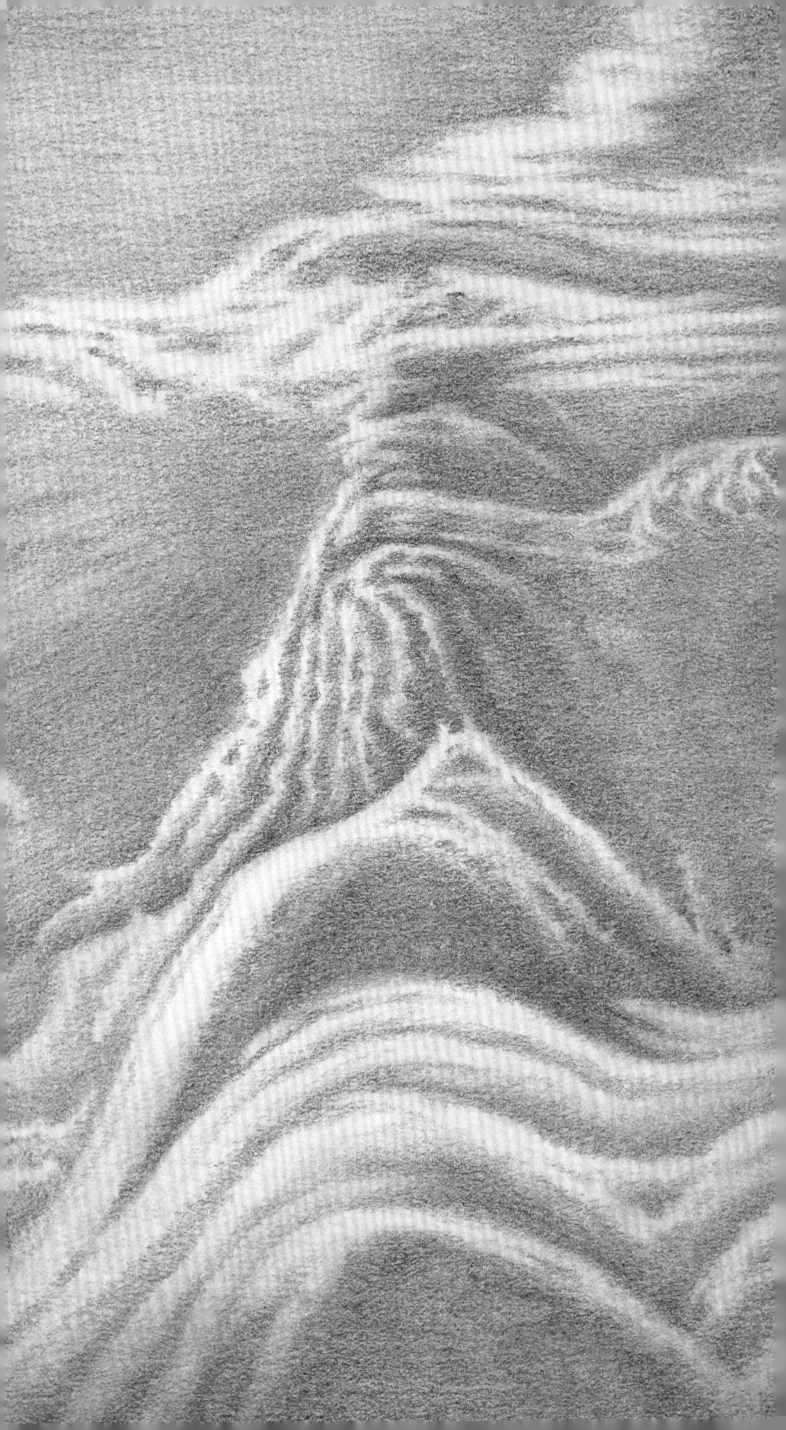

★

1부와 같은 연습실. 도널드를 제외한 모든 배우들이 있다. 러시아 농부 복장을 한 브라이언이 방문하러 와 있다. 체호프의 낮 공연을 하다가 들른 것이다. 오든을 연기하는 피츠는 마스크를 쓰고 있다.
도널드가 들어선다. 여장을 하고 튜바를 들고 있다. 도널드는 더글러스 빙[30] 스타일로 '나는 바람의 여신 도리스I'm Doris, the Goddess of Wind'를 연주한다. 이 과정 중에 작가가 등장하지만 아무 말도 하지 않는다. 연주가 끝나고 나면 정적이 흐른다.

도널드 한번 생각해본 거예요. 그런데 아직 튜바는 잘 못 익혔고요. 카펜터가 여러 가지를 하는 사람이라는 걸 분명하게 보여주고 싶었어요. (퇴장하면서) 카펜터는 어린이책들도 썼어요. 첼트넘 페스티벌도 운영했고요…. 아 씨발, 정말!

이때쯤에는 도널드는 무대 밖으로 나가 있다.

작가 나 아무 말도 안 하고 있어요.

케이 나한테 맡겨 두세요.

무대조감독 전 마음에 드는데요.

톰 미안해요, 케이.

케이 브라이언, 가봐야지.

배우들 브라이언에게 작별인사를 한다.

케이 자, 스탠바이, 스탠바이. 준비됐나요? 조명!

오든 《베니스에서의 죽음》. 그렇지. 그 양반이 내 장인이었지. 토마스 만. 그 양반 딸 에리카하고 결혼했었지. 그 여자를 독일 밖으로 탈출시키려고 한 거였어. 남색쟁이 좋다는 게 뭐겠어? 그 양반은 가끔씩 봤지. 에리카도 좋은 여자였어. 죽은 지 얼마 안 됐지. 정말로 어찌해야 할지 모르겠더군. 아직도 그래. 우리 집에선 내가 유일하게 이혼하지 않은 사람이야.

오든은 이 대사를 기억해내는 걸 힘들어한다. 기분이 상해서는 마스크를 거칠게 벗어버린다.

피츠 이 망할 놈의 물건을 뒤집어쓰고는 도저히 못하겠어.

케이 (피츠의 대사 위로 의상 담당자를 부른다) 랄프!

랄프는 피츠에게서 마스크를 받아 들어 상자에 넣는다. 도널드가 등받이 없는 의자를 들고 조용히 다시 들어온다.

피츠 노력은 해보겠지만, 내일 연출이 뭐라 그러든 제대로 안 되면 그냥 포기해야 될 거 같아. 머리나 염색하고 분장으로 어떻게 해봐야지, 뭐. 게다가, 냄새가 심해.

케이 분장이 더 편할 거예요, 선생님.

피츠 그럴 것 같아. 그럴 거 같아.

랄프 베이비파우더!

케이 (퇴장하고 있는 랄프에게) 수고했어, 자기야. 갑시다!

무대조감독 (큐를 주며) '그래서 뭐가 문젠데?'

오든 그래서 뭐가 문젠데? 대본은 누가 쓰고 있지?

브리튼 마바니.[31] 파이퍼. 존의 아내.

오든 그러니까 자네가 직접 쓰고 있다는 뜻인가?

브리튼 아니. 물론 아이디어야 한두 가지 있지만.

오든 펜을 들기도 전에 노벨상부터 쳐다보는 작가들

이 있지. 엘리어스 카네티가 그랬지. 토마스 만도 아마 그랬던 것 같아. 예술하는 인생에서 의지의 역할을 절대 과소평가하지 말아야 돼. 재능은 없어도 살 수 있지만, 의지는 다른 문제야. 의지가 최고야. 그건 기쁨도 아니고 환희도 아니고, 아주 엄격한 실용성이지. 우리가 뭐에 대해 이야기하고 있었지?

브리튼 토마스 만. 《베니스에서의 죽음》.

오든 그 양반 자매 둘이 자살했고, 아들 둘도 마찬가지였지. 그 사람은 진짜 예술가였어. 체스터는 아테네에 있어.

브리튼 알아.

오든 피터는 어디에 있지?

브리튼 말했잖은가, 토론토에 있다고.

오든 자네, 했던 말 자꾸 반복하나?

브리튼이 대답하려는 찰나, 오든이 말을 잇는다.

오든 사람들 말로는 내가 그렇다네. 하지만 그건 내 잘못이 아냐. 나를 예언자 대하듯이 하는 건 그 사람들인데, 예언자가 하는 게 바로 그거 아닌가. 계속 반복해서 말하는 것. 메말랐다고?

브리튼 뭐라고?

오든 자네 음악 말일세. 나 같으면 메말랐다고는 말하지 않겠어. 고립돼 있지. 차갑고. 무엇엔가 탐닉하고 있는 선율이지. 하지만 메마르지는 않았어. 자네는 항상 자네가 말하고자 하는 걸 쓰나?

브리튼 쇼스타코비치가 때때로 그렇게 하지 않는다는 의미에서 말인가? 그런 셈이지. 자네도 마찬가지 아닌가?

오든 지금이야 그렇지. 하지만 항상 그러진 않았어. 젊었을 때에는 의미가 생기는 걸 우연에 맡기곤 했지. 말이 되는지 모르겠네만, 의미가 스스로를 보살필 수 있도록 내버려 둔 거야. 초기에 쓴 것들을 보면 낯 뜨거워지는 게 바로 그래서지.

브리튼 그 시절에는 어떤 구절의 의미를 물어보면 자넨 그걸 설명해주는 대신에 그냥 다른 걸 쓰곤 했지.

오든 장난이 아주 심했던 거지. 그런데 요즘은 더 성실하게, 진실을 말하려고 애를 쓰는데도 사람들은 그것들은 지루하고 옛날 게 더 좋았다고들 하더군.

브리튼 어떤 때는 생각해보면 소련 쪽이 운이 좋아…. 거기선 작곡가들이 유명해지는 것에 모든 걸 걸지. 아니면 몰이해 속으로 순교해버리거나. 여기서야 누가 신경이나 쓰나?

무대에 올라와 있었지만 거의 눈에 띄지 않게 있던 카펜터가 이제 움직인다.

피츠 아직도 올라와 있었던 거야?

도널드 예. 사실은 저, 퇴장을 아예 안 해요.

피츠 그런데 대사는 없고?

도널드 언어 형태로는 없죠. 말 안 해요. 하지만 제가 여기 있는 것 자체가 말을 하고 있는 거죠. 도움이 되는 것 같아요, 제 생각엔. 도움이 되죠, 아녜요?

피츠와 헨리 중 누구도 그렇다는 신호를 보내주지 않는다.

도널드 보세요. 전 여기 앉아서 이따금씩 뭔가를 기록하고 있어요. 제가 앞으로 쓰게 될 두 가지 전기를 위한 준비를 하고 있는 거죠. 그러니까 어떤 면에선 이 전체 장면이 내 머릿속에서 다 나온 거라고 볼 수도 있는 거죠. 내가 두 분을 상상하고 있는 거예요. (작가에게) 제가 올라와 있는 걸로 쓰신 거죠?

작가 아니. 하지만 내가 뭐 아는 게 있나? 당신이 노래를 하거나 여장하고 나올 것도 몰랐는데.

피츠 자기가 누군가의 상상 속에 들어 있는 파편 한 조각이라고 생각하고 나서 기분 좋을 인간은 아무도 없지.

도널드 이것 보세요. 만약 제가 단순한 도구에 그치는 게 아니라면, 저도 뭔가 풀어낼 이야기가 있어야죠. 그리고 제 이야기는 책을 쓴다는 거예요.

피츠 (케이에게 입모양으로) 더빙. 여섯 시.

케이 두 단어. 연출. 내일. 자, 갑니다.

도널드는 등받이 없는 의자를 무대 안쪽으로 갖다놓고 자기는 안락의자에 앉는다.

무대조감독 (읽어준다) '마바니는 같이 일하기 아주 편해.'

브리튼 마바니는 같이 일하기 아주 편해.

오든 누구?

브리튼 대본작가. 아주 빨라.

오든 우리도 빨랐지. 잘 썼고, 또 엄청 빨랐지.

브리튼 자네야 마술사였지. 그 후로 같이 일한 대본작가들 중에 자네 반만큼 한 사람도 없었어. 나도 꽤 괜찮았… (오든이 말을 하려는 기색이 없자) 그래, 자네도 잘했지, 벤.

오든 우체국 영화부장이었던 그리어슨은 이제는 숭배

되는 인물이 됐어. '다큐멘터리의 아버지'라고. 정말 순진한 사람이었지. (엄숙함을 흉내 내는 소리로) '항상 긴장을 늦추지 않고 있는 이 노동자는 자기 도구를 비누로 매끄럽게 닦아놓습니다.'

브리튼 이 오페라에는 〈야간 우편〉의 한 부분도 들어가 있어. 아무도 눈치 채진 못하겠지만.

오든 그러니까 자네도 했던 말을 반복하긴 하는군. 무슨 오페라 말인가?

브리튼 〈베니스에서의 죽음〉 말이야.

오든 그 양반이 내 장인이었지.

브리튼 이 작품을 하고 있다는 걸 눈치 챈 사람들도 별 반응이 없어. 그렇고 그런 빤한 얘기라는 거지. 타락한 순수성. 피터도 안 좋아해. 아주 위험하다는 거야. 그 작품이 날 죽이고 있다고까지 했으니까. (사이) 왜 왔느냐고 물었지… 너무 외로워서 왔어.

오든 당연히 외롭지. 새로운 작품이니까. 안 그럴 줄 알았나?

브리튼 또 누구한테 물어봐야 할지도 모르겠어. 대개는, 알다시피, 격려를 해주잖아. 같이 신나 하고. 같이 협력해서 일해나가고. 알브르는 한 가족 같거든. 그런데 이번엔… 그 사람들이 약간 부끄러워하고 있다는 느낌이 들어.

오든 다시 돌아올 거야.

브리튼 아닐 거야. 소년 때문이야. 남자와 소년.

오든 그 점에선 새로울 것도 없지. 말할 것도 없이 이건 '푸른 천사'야, 그렇지 않나? 〈베니스에서의 죽음〉…. 아셴바흐는 에밀 재닝스이고, 소년은 마르렌 디트리히인 거지. 사랑을 위해 모든 걸 바친다. 그 여자 한 번 만난 적이 있지, 디트리히 말이야. 바보는 아니더군.

브리튼 남자애가 열네 살이야.

오든 아. 난 열한 살인 줄 알았는데. 실제로는 열한 살이었어. 나한테 써달라고 하려는 게 아닌가?

브리튼 마바니가 쓰고 있어…. 벌써 썼지, 사실은. 아니, 그냥 와본 거야….

오든 왜냐면 기꺼이 할 거거든. 그것보다 더 즐거운 일도 없을 거야. 마바니가 누구라고?

브리튼 존 파이퍼의 아내.

오든 외롭다고? 그 여잔 자네 손은 안 잡아주나?

브리튼 그런 데 별 관심 없는 건 그 여자도 마찬가지야. 그 여자처럼 미루지 않고 일하는 사람은 또 없는 것 같아. (사이) 사실 그렇게 큰 도움을 원하는 것도 아냐. 난 그냥… 동료가 필요해.

오든 내가 해주고 싶은 것도 바로 그걸세. 난 지금 당장은 아무것도 손대고 있는 게 없어. 이런저런 강의가 있긴 하지만, 요즘엔 다 예전 것들을 꺼내서 쓰지. 이건 뭔가 새로운 게 되겠군. 좋아, 좋아.

케이 (작가에게) 좋습니다! (피츠를 멈추며) 이다음 부분은 다들 아는 것 같구요.

작가 글쎄, 누군가는 꼭 알고 있어야겠지.

케이 (대본 몇 쪽을 헨리에게 건네며) 헨리 선생님, 고마워요. 이건 페니하고 브라이언이 해야 할 분량인데요, 페니하고 브라이언이….

작가 체호프에 들어가 있죠. 알고 있어요.

케이 톰.

톰이 연주한다. 문장과 음악은 무대감독 팀이 맡아서 연기한다.

문장 (케이가 연기한다) 오든의 문장. (절한다)

음악 (무대조연출이 연기한다) 벤의 음표. (절한다)

문장 전에 한 번 같이 일한 적이 있죠. 그리고 지금 다시.

음악 이 재결합이 잘 돼야만 돼요.

문장 안 그러면 〈베니스에서의 죽음〉은 큰 오점이 될 겁니다. (문장이 대본을 다시 가져간다) 난 불안해.

음악 그러지 마. 두 사람은 친구야. 그리고 벤은 다정해.

문장	와이스턴도… 그 사람 방식으로.
음악	친구들. 그게 오페라고, 실내음악이고, 음악 전부야…. 우린 벤을 사랑해. 벤은, 무엇보다, 우리의 창조자야.
문장	벤은 너희들을… 부끄러워해 본 적이 전혀 없어?
음악	부끄러워해? 자기가 작곡한 걸? 왜 그래야 돼? 우린 그 사람의 아이들이야. 와이스턴도 너희들 부끄러워하지 않잖아?
문장	안 그러지…. 하지만 그 사람은 완벽주의자야.
음악	벤도 마찬가지야. 그리고 벤은 우릴 자랑하는 걸 좋아해서 안 데리고 다닌 데가 없어. 위그모어 홀, 퍼셀 룸, 마이다 베일에 있는 BBC 스튜디오 같은 데. 그러다가 다 끝나고 나면 다시 스네이프 마을의 집으로 돌아와서 음표들을 비교해보는 거야. 너희도 외국에 나가니?
문장	여름에 오스트리아. 뉴욕.
음악	뉴욕? 흡. 우린 방금 발파라이소에서 돌아왔어!
문장	너희들은 벤을 좋아하는구나. 하지만 벤도 너희를 좋아하니?
음악	우릴 좋아해? 아니! 벤은 우릴 사랑해!
문장	'내가 아직도 중요한 존재야?' 그런 질문도 없고?

음악 없지.

문장 '난 그동안 성실했었나?' 그런 질문도 전혀 없고?

음악 너흰 어떻게 그런 생각만 하니?

문장 이봐. 솔직히 말해줄게. 우리들, 그 사람이 쓴 시라는 존재…. 우린 이따금씩 미움을 받아.

음악 미워해? 하지만 그 사람이 너희들을 썼잖아.

문장 우리가 그 사람을 부끄럽게 만들거든. 너무 부끄럽게 만들어서, 심지어 내 친구들 중 어떤 애들은 그 사람 시 전집에 들어가지도 못했어.

음악 설마!

문장 제외되고. 숙청되고.

음악 숙청돼?

문장 두 번 다시 언급도 되지 않는 거지. 〈스페인〉이라고, 아무 흠 없는 좋은 시인데도 완벽하게 제거됐지. 또 다른 시, 〈1939년 9월 1일〉에 대해서도 '다시 한 번 검토'해본다고 했지. 그런데, 그러면 안 되는 거 아냐? 다른 작품들까지 아주 불안하게 만드는 거거든…. 아니, 다음은 누구 차례냐고?

무대조감독이 슬프다는 듯이 고개를 젓는다.

음악 세상에. 정말 듣고 싶지 않은 얘기야. 그래도 긍정적인 면을 보도록 해봐. 사람들은 음악은 듣기만 할 뿐이야. 글을 듣는 사람은 없잖아.

문장 와이스턴이 하는 말도 그거야. (케이로 돌아가서) 계속 갑시다.

오든 그건 어때? 마바니가 쓴 대본.

브리튼 아주 좋아. 필요한 딱 그거야. 원작을 제대로 이해한 건지 약간 의심스럽긴 하지만, 아무튼 좋아. 잘 썼어.

오든 그 여자가 자넬 놀래키는 데가 있나?

브리튼 좀 대책 없이 천진한 구석이 있지.

오든 아니, 아니. 전혀 생각지도 못한 새로운 측면에서 주제를 조명해주느냐고? 자네가 깜짝 놀라서 음악에 달려들게 말이야.

브리튼 글쎄….

오든 오페라하우스에서는 언어란 그것 자체로 아무것도 아냐. 오페라 관중들 중에서 언어를 듣는 건 아마도 다섯에 하나나 될 걸세. 하지만 그건 중요한 게 아냐. 오페라 대본작가의 기능은 그보다 훨씬 전에 발휘되는 거야. 왜냐면, 글을 다루는 오페라 대본작가가 해야 하는 일은 역설적이게도, 음악을 끄집어내는 일이거든. 대본작가는 산파야…. 하지만 《베니스에서의 죽음》을 읽은 지 꽤 됐군. 기억을 좀 되살려주게나.

브리튼 아센바흐는 존경받는 유명한 작가지….

오든 그렇지, 좀 더 핵심으로 들어가보지. 존경할 만하고….

브리튼 결혼해서 딸이 하나 있지. 아내는 죽었고….

오든 맞아….

브리튼 그리고 베니스로 가서 리도 섬에 머물고 있지. 글이 막혀서 고생하고 있는 중이야.

오든 아, 그건 잊고 있었군. 내가 힘들어하던 거하고는 다른 문제라서…. 그런 게 있다고 완전히 믿지도 않고. 어떤 형식을 취하고 있는 것이든, 변비에 대한 글을 읽는 건 정말 재미없어. 게다가 글이 막힌다는 말은 작가가 처한 자연적인 상태는 글을 쓰는 것이다, 이런 전제에서 나오는 건데, 실제로 대부분의 작가들이 처해 있는 자연적인 상태는 글을 안 쓰고 있는 거거든.

자넨 음악이 막혀서 고생한 적 있나?

브리튼 아니. 하지만 그런 사람들이 있지. 예를 들어서 월튼은 작품이 나오는 데 오래 걸려. 어쨌든, 아센바흐가 호텔에 투숙하고 있어….

오든 그렇지. 그리고 거기서—아센바흐가 그 사람들한테 말을 걸었다는 기억은 없는데—폴란드에서 온 가족을 만나지. 열네 살 먹은 아주 미남아들이 있는 가족. 아센바흐는 그 애한테 몰두하게 되지. 타치오라는 애.

브리튼 아센바흐는 그 사내애를 유심히 지켜봐. 그 애의 미모에 넋을 잃고 보면서 그 애를 통해서 자기를 재충전할 수 있을 거라고 생각하게 되지.

오든 맞아. 바로 그거야. 원래는 영감을 얻고자 했던 거지. 하지만 아름다운 소년을 보고 싶은 거라면 거기에 변명이 왜 필요하지? 그런 건 전혀 필요 없는 거거든.

브리튼 베니스 본토에 콜레라가 돌아….

오든 그랬지. 도시 전체가 석탄산의 악취로 뒤덮여 있었지만, 관리들은 그 사실을 은폐하기에 급급하지. 아센바흐는 그 도시를 떠나야 마땅하지만, 소년한테 매혹된 나머지 리도에 계속 머무르게 되지. 그 과정에서 머리도 염색하게 되고, 얼굴에 칠도 하게 되고 하면서 자신의 모든 존엄성을 잃게 돼. 결국 아센바흐는 콜레라에 걸려서 바닷가에서 죽음을 맞게 되지. 여전히 사랑스런 눈길로 타치오를 응시하면서 말이야. 아센바흐의 마지막 몸짓은 자기를 바다로 보내달라는 것처럼 보이는데, 거기에서 암시되고 있는 걸로 보자면, 타치오는 죽음의 천사이기도 한 거지.

브리튼 아주 잘 기억하고 있군.

오든 그 양반이 내 장인이었다니까. 마바니는 저 베츠먼[32]이 좋아하는 그 키 큰 여자들 중 하나 아니든가? 아니면 좋아하는 척만 하던. 그자는 자기는 사내애들 쪽이라고 항상 말하곤 했지만, 사실은 그냥 유행을 타고 싶어하는 쪽이야. 베츠먼은 어떻게 지내나?

브리튼은 고개를 젓는다.

오든 사실은 일전에 옥스퍼드에서 봤지. 그 사람 옥스퍼드를 좋아하는 모양이야. 하지만 절대로 날 찾아오지는 않는군.

브리튼 (책을 가지고 있다) 평생 동안 이 소설에 대해 알고 있었어.

오든 당연하지. 우리 모두 그랬지. 동성애자들의 경전이니까.

브리튼 토마스 만 자신이 아센바흐겠지, 아마도?

오든 두 사람이 같은 종류의 곤경에 처해 있긴 하지. 남성의 아름다움에 눈을 두고 있다는 점에서. 차단된 성적 취향. 참, 그 양반 거만 떠는 것도 정말 볼 만했지.

오든은 브리튼에게서 책을 받아들고 있다.

오든 '아센바흐는 자신의 명성에 대해 생각하면서, 길거리에서 자기를 알아보고 존경의 눈초리로 쳐다보던 그 많은 사람들이 자기의 언어가 가진 적확하고 우아한 힘에 대해 경의를 표하던 일을 회상했다.'

거만한 인간. 그래도, 좋은 이야기야. 음악으로 채워주길 기다리는 곳들이 꽤 많아. 스트라우스라면 이 이야기를 가지고 어떤 걸 만들어낼 수 있었을지 한번 생각해보게.

브리튼은 그 상황을 생각하며 의기양양한 미소를 짓는다.

브리튼 재기발랄한 건 전혀 자네 장점이 아닌데.

오든 물론 얕고 따뜻한 바닷물에 대한 게 많아야겠지. 바다. 바다는 자네 장기지. 그렇지 않나?

브리튼 그렇다는 이야기를 듣지.

오든 바로 그거야. 호화스럽고, 받아들이기 어렵고, 말로 하는 건 불가능하지만 노래로 표현할 수 없는 건 아닌 그런 사랑. 이건 딱 오페라를 위한 작품이야. 자네를 위한 작품이고.

'말로 할 수 없는 것에 대하여, 그러므로 나는 노래하노라.'

브리튼 무시무시한데.

오든 당연히 그래야지, 벤지.

브리튼 이제 핵심에 가까워지는 것 같군.

오든 당연히 그래야지.

브리튼 내가 마바니한테 말하기 어려운 지점을 건드리고 있어. 그래도 그 여잔 좋은 사람이야. 물론 나하고 관계된 한에서 말이지만. 아마 알고 있는 것 같아.

오든 당연히 알고 있지.

브리튼 그 여자가 내숭 떤다는 얘기가 아냐. 오히려 그 반대지. 예를 들어서 사내애들이 바닷가에서 게임을 하는 장면 말이야. 마바니는 타치오하고 그 애 친구들이 벌거벗고 춤을 추게 하고 싶어 하거든. 내가 보기엔 그렇게 했다간 문제가 있을 것 같고.

오든 자네 자신의 모습에 가깝게 끌어올수록 작품은 더 좋아질 거야.

브리튼 이게 타치오의 테마야.

브리튼은 피아노에 앉아서 연주한다.

브리튼 얘기했지만, 사람들은 벌써 안 좋아해.

오든 이 음악? 그을쎄….

브리튼 아니, 음악 말고. 내용 말이야. 사람들이 이 이야기가 편치 않은 거지.

오든 사람들 누구?

브리튼 알브르 사람들이. 몇몇 사람들한테만 언급했지만 벌써 소문이 돌았어. 다들 '또 그거구만' 하는 반응이야. '피터 그라임스, 빌리 버드, 턴 오브 더 스크루. 순수의 타락이라는 브리튼의 항상 똑같은 주제.' 난 사람들이 그라임스를 잡으려 들었던 것처럼 나도 잡으려 들 것 같다는 생각이 가끔 들어.[33]

오든 그 사람들이 뭐하러 그러겠어? 그 사람들은 결론을 알고 있어. 무엇보다, 그 중 절반은 자기 아들들을 자네한테 보낸 사람들이야. 그런데 그렇게 열성적이진 않나 보지?

브리튼 아직은.

오든 난 그래.

브리튼 와이스턴.

오든 난 그렇다니까. 난 이 작품 꼭 하고 싶어.

브리튼 와이스턴, 그냥 조금만 도와주면 돼.

오든 하지만 난 전체를 다 쓸 수 있어. 그게 도움이 안 된단 말이야?

브리튼 하지만 이 작품은 내년 페스티벌에 가기로 약속이 돼 있어.

오든　　그래서? 우린 전에도 그렇게 해봤잖아. 한 주만에 영화 한 편씩 끝내곤 했잖아. 그리고 난 손을 댈 만한 가치가 있는 일을 해본 지 너무 오래됐어. 정말 즐거울 것 같아.

브리튼　　마바니는 어쩌고?

오든　　내다버려. 자네는 동성연애자야. 사람들은 자네가 약속을 깨뜨릴 거라고 예상하고 있어. 체스터가 여기 있었으면 좋았을 텐데. 무척 좋아했을 거야.

오든은 대본을 붙잡고 읽어나가기 시작한다.

브리튼　　안 돼. 내가 필요로 하는 건 누군가가—자네가—내가 지금 제대로 가고 있다고 말해주는 것, 그게 다야.

오든　　아센바흐는 누가 맡을 거지?

브리튼　　물론 피터지.

오든　　피터?

브리튼　　피터.

오든　　피터. 오, 물론이지. 그렇게 소리 지르지 않아도 돼. (오든은 대본에 줄을 그어나간다)

브리튼　　어떤 사람들—어떤 비평가들—은 피터 스타일을 별로 안 좋아하지만, 이제 생각을 많이들 바꿨어. 피터 소리에 한계가 있는 건 사실이지만, 피터는 사람들이 그걸 아름답다고 생각하게 만들었어.

오든 그게 스타일의 본성이지. 남들이 받아들이게끔 자기를 밀어붙이는 거야. 그거 없이 해봐. (또 줄을 죽 긋는다) 스타일이란 건 불완전함의 총합 같은 거지…. 자기가 할 수 있는 것만큼이나 할 수 없는 것도 포함하고 있는….

오든은 여전히 대본을 검토해나가고 있다. 두들기고, 줄을 긋고 하면서.

오든 나쁘지 않아, 이거 말야. 괜찮을 거야, 분명히. 하지만 우린 더 잘할 수 있어. 그 사내애에 대해서 좀 더 얘기해줘봐. 몇 살이라야 되지?

브리튼 마바니하고 난 걔가 열일곱이면 무난하게 넘어갈 수 있을 거라고 생각했어.

오든 관객한테 말인가?

브리튼 그렇지.

오든 왜냐면 원작에는 열네 살로 되어 있거든.

브리튼 글쎄, 그렇다면 열여섯 살. 그건 그 역을 맡은 애 외모에 달린 문제야.

오든 그거보단, 나이가 몇 살이든 관계없이, 요즘에는 아름다움이란 건 합법적으로 숭상될 수 있는 거잖아. 토마스 만이 실제로 보고 환상을 품었던 아이는 열한 살이었어. 작품을 쓸 때 열네 살로 올렸던 거지. 지금 자네가 제안하는 게 열여섯 살. 이런 식으로 나가면 그 아이는 좀 있으면 은퇴연금을 타게 되겠군.

브리튼 와이스턴, 관객들을 같이 데리고 가야 돼!

오든 벤, 왜 아직도 메시지를 암호로 내보내려 하나? 요즘에는 솔직하게 말해도 돼.

브리튼 열네 살짜리 사내애에 대해서? 천만의 말씀.

오든 음악으로는 그렇게 할 수 있어.

브리튼 지금 음악 얘기하는 게 아니잖아. 가사 얘기를 하는 거지.

오든 하지만 가사가 음악의 틀을 잡아주지. 내가 이미 설명한 것처럼. 아센바흐가 꿈을 꾸지 않던가? 자기가 소년에 대해 욕정을 품고 있다는 걸 알고 놀라는 꿈 말이야. (다시 한 번 대본을 들춰 본다)

브리튼 꿈을 꾸지, 맞아. 거기서 아센바흐는 자기 자신을 아폴론의 환상으로 보지.

오든 (대본에 밑줄을 그으며) 흠, 일단 이것부터 날려버리면 되겠군. 아센바흐는 소설가야. 현실세계에 속해 있다고 스스로 선언한 사람이란 말이지. 자기가 누군가를 그리워하고 있다는 걸 말하기 위해 꿈을 동원해야 하는 입장은 아냐.

브리튼 그래도 그렇게 하면 맥락을 유지할 수 있으니까.

오든 그리고 무의식에서 올라오는 걸로 처리하면 덜 흉해지겠지. 아폴론, 디오니소스, 토시…. 그런데 이건 바닷가에 있는 소년 얘기야.

브리튼 그건 자네가 잘못 이해한 거야. 원작을 보면 순진한 건 아센바흐 쪽이야. 그런 사람이 아름다움에 의해 유혹되는 거야.

오든 그게 자네가 이 작품에 끌린 이윤가? 예순여덟 살, 아니 몇 살이 됐든, 그 나이 먹도록 순수를 유지하고 있는 아센바흐를 어린 소년이 꾀어냈기 때문에 이끌렸다? 자네한테 일어났으면 하는 일을 꿈꾸고 있군.

브리튼 아냐. 아냐. 그만해! 그만! (자기 귀를 막는다) 너무 빨라. 자넨 하나도 안 변했군. 전에도 항상 그러더니, 질문이 너무 많아. 난 아직 그 해답을 몰라. 그 답은 음악을 통해서만 얻을 수 있어. 너무 많은 질문을 너무 일찍 던지면 영영 답을 얻을 수 없게 돼. 왜냐면 그러다 보면 곡을 쓸 수가 없게 되거든. 난 쓸 수 있는 준비가 되기 전에 써야 돼, 그걸 모르겠어? 원작에는….

오든 벤, 원작은 무시해버려. 난 속임수 대본은 못

써. 벤, 자넨 어린 사내애들을 좋아해. 타치오를 아무리 아폴론의 환영이라는 겉모습으로 치장해본들, 회색 정장이 됐든 하얀색 크리켓 운동복을 입었든, 디오니소스가 자네를 위해 나타난다는 사실 자체는 바꿀 수가 없어. 이건 늙은 남자가 어린 사내애한테 욕정을 품는 이야기이고, 아폴론도 다 그 문제에 관한 얘기야.

브리튼 와이스턴, 몇 번을 더 얘기해야 돼? 순수한 건 아센바흐 쪽이야. 이 이야기 안에서 유혹자는 소년이야. 내 오페라들이 모두 순수의 상실에 대한 것들이라면, 이번 이야기에서 순수는—늙은 사내의 순수야.

오든 그게 무슨 상관이지? 왜 순수라는 게 이 이야기에 끼어들지? 두 사람 중 누구도 순수하지 않아. 타락한 것도 아니고. 이건 협력에 관한 이야기야.

긴 사이.

브리튼 제약. 자네는 한 번도 제약의 중요성을 인정한 적이 없지.

오든 쓸데없는 소리. 시인이란 제약에 의해 다스려지는 사람이야. 운율과 형식에 의해서.

브리튼 그게 아니라, 주제와 관련해서 하는 얘기야. 지금 이 주제와 관련해서. 자네는 자제라는 걸 안 믿어. 난 믿어. 항상 그래왔지. 그리고 난 오페라나 연극에서 금지되는 것이 전혀 없는 날—아무런 제약이 없는 시대가 오는 건 절대로 보고 싶지 않아.

오든 마치 영국 자체가 이야기하는 것 같군. 그렇지 않은가, 벤? 훌륭한 취향, 겸손함, 자기절제. 가족의 미덕. 하지만 자넨 나보다도 더 가족에 속하지 않은 사람이야. 그리고 그렇지 않다는 걸 짚어내기는 더 어려운 사람이지. 사랑할 만하고, 인기도 있고, 매너도 훌륭하고. 아마 아이들의 부모들도 별로 개의치 않았을 거야. 하지만 자네는 포식자야.

브리튼 아냐. 아냐. (작가에게, 헨리로 돌아와서) 이 부모에 관한 이야기 진짜인가? 개의치 않았다는 게?

작가 아버지들은 편치 않았을 수도 있죠. 엄마들은 전혀 개의치 않는 것 같았다고 하죠.

피츠 우리 벤.

헨리 별일은 없었고?

작가 (별것 아니라는 듯이) 평생 동안 브리튼이 마음을 준 사내애들이 있었죠. 그러다가 사랑을 받은 경우도 가끔 있었어요. 허락을 받은 경우도 있었고요.

헨리 그리고 그때가 알브르에서 달리 보기 시작했던 때로군.

작가 보면, 상황을 잘 이해하는 아이들한테만 이끌렸던 것 같아요. 가끔 안아줬을 때 움찔하지 않거나 목욕하고 있을 때 벌거벗은 작곡가가 들어와서 욕조 곁에 앉아도 당황하지 않는 아이들. '너 참 재미있는 애구나.'

헨리 근데, 아무도 불평한 사람도 없었나?

작가 여태까지 알려진 바로는, 이 아이들과 관련해서 브리튼이 처했던 최악의 곤경은 이따금씩 창피한 일이 있었다는 정도예요.

케이 음. 계속하죠….

브리튼 만약에 내가 어린 남자애들을 좋아한다면….

오든 벤, 거기엔 '만약'이란 말이 필요 없어.

브리튼 알았어, 알았어. 들어봐. 자네 평생에 처음으로, 내 말 좀 들어봐. 난 아이들을 먹잇감으로 대하진 않아. 애들이 날 좋아하는 건, 만약 그렇다면 그건 다만 내가… 그 애들 말을 들어주기 때문이야. 난 듣는단 말이야. 그리고 그 애들 대부분이 음악을 하니까 같이 노는 거지…. 음악적으로. 내가 건드릴 수 없는 애들하고도 나는 같이 놀 수 있어. 그리고 한 종류의 놀이는 다른 종류의 놀이를 대신할 수 있어. 그건 우리가 뭔가를, 전혀 문제가 없는 방법으로 같이할 수 있다는 뜻이지. 듀엣으로 연주하는 거, 아니면… 소꿉장난하는 거 같은 게 뭐가 위험하겠어.

오든 그래도 그건 여전히 위험한 게임이지. 이런 장면을 한번 상상해봐. 그런 적이 있을 걸세, 분명히. 한 중년 사내가 어느 날 아침에 잠에서 깨어나네. 대개는 일거리도 없고, 바이올린 레슨을 하거나 악보를 복사하는 일을 하면서 근근이 먹고 사는 처지이지…. 전직 타치오 정도 되는 이 사내는 자기가 알브르에서 놀아나던 시절이 바로 자기 인생을 망친 때였다는 생각을 하게 되지. 그래서 자신의 의무에 충실한 시민답게 경찰서에 가서, 물론 알브르 경찰서는 아니겠지만, 자기가 살아온 이야기를 털어놓게 되는 거야. 바로 그때 자넨 잠에서 깨어나지.

이 현실세계에서 살고 있는 모범 학생들은 예술가들이 대가를 지불해야 하고, 그렇게 하지 않는 건 불공평하다고 믿고 있지. 자네는 돈을 줘 본 적은 거의 없지, 있는가?

브리튼 돈을 안 줬다고? 난 죽어가고 있어.

오든 벤, 벤. 죽음은 지불이 아냐. 죽음은 그저 빠져나가는 거지. (사이) 난 자네 시험에서 떨어진 거지, 안 그런가?

브리튼 시험 같은 거 없었어. 도움이 필요했어. 글에 관련된 거 말고. 누군가 '해봐, 해봐'라고 말해주는 것. 자네가 그런 거 잘 했었잖은가. 하지만 항상 못되게 굴었었지. 그런 거 감당하기에는 나도 너무 늙었어.

오든 그리고 너무 유명해졌고. 너무 사랑받고 있고. 하지만 자넨 항상 그랬잖은가. 그래도, 나를 생각해 내준 건 참 고마워. 사람들이 요즘 들어선 별로 안 그러거든. 어쨌든. 내가 뭐라고 했으면 한다고, 벤지? '신경 쓰지 마. 계속해. 이 친구야.'

브리튼 마바니하고 같이 하더라도?

오든 마바니에다가 아폴론이며 디오니소스며 온갖 사이비 고전 짐짝들까지 끌고 다니더라도. 우린 이게 어린 사내애들에 대한 이야기라는 걸 알잖아, 벤지. 누구나 다 자네를 좋아하게 해. 다들 자네를 사랑하게 해. 어쨌거나 계속해. 계속해.

브리튼 '자네가 어디를 가든 무엇을 하든 자네는 언제나 자네를 사랑하고, 보살펴주고… 자네가 하는 건 무엇이나 칭송하는 사람들에게 항상 둘러싸여 있을 것이네. 자네는 사랑스럽고 재능 있는 어린 사내애를 연기함으로써 자네 자신에게 자그마하고 따뜻한 사랑의 보금자리를 지어주도록

하게.'

오든 누가 한 말인가? 아주 근사하군.

브리튼 자네가 했지. 우리가 1942년에 뉴욕에서 헤어질 때 나한테 쓴 편지야. 그리고 내가 혹시라도 어른이 되게 되면 개자식이 되는 법을 배워야 할 거라는 얘기도 했지.

오든 그건 자네가 훌륭하게 해냈지. 오, 나한테는 아니지만, 자네가 등을 돌린 다른 모든 친구한테 말이지. 어쨌거나, 벤지, 와줘서 반가웠네. 그리고—물론 마바니가 허락한다면—대본에 도움을 줄 생각이 여전히 있어. 이봐, 난 그 사람을 직접 알았어. 토마스 만은 내 장인이었다니까. 내가 얘기했던가?

브리튼 내가 소년이었을 때—왜냐면 스물세 살 때, 난 여전히 소년이었니까—그땐 자네한테서 쏟아져 나오는 말의 급류 때문에 당황하곤 했었지. 자네의 말이 지나가고 난 후에 소용돌이치는 물살에 빠져죽지 않으려고 보잘것없는 내 널빤지와 난간 줄에 매달려서 버티곤 했단 말이야. 그 장려한 언어들—난 내 보잘것없는 음악은 그 언어 위에 추가되는, 언어의 하인 같은 거라고 생각하곤 했지. 하지만 그건 사실이 아냐. 음악은 언어를 녹여내…. 자네의 언어, 그리고 마바니

의 언어도. 중요한 건 음악이야. 길버트와 설리반[34]의 관계에서도 마찬가지였어. 음악이 이겨.

카펜터 그리고 브리튼에게는 이기는 게 중요했습니다.

카펜터는 의자에서 일어나 무대에서 벌어지는 상황 속으로 재진입한다.

카펜터 아까는 침묵을 요구받았지만, 이제는 내가 말해야 합니다. 두 사람 모두의 전기 작가로서, 나는 당신들이 후대로 전해질 수 있는 여권이기 때문입니다.

오든 건방진 소리. 우리가 쓴 작품들이 우리 여권이야.

브리튼 물론이지. 우리를 사랑하고 존경하는 사람들. 난 거기에 대한 확신이 있어.

카펜터 그래요? 당신들의 열렬한 지지자들 중에 당신들이 죽는 꼴을 봤으면 정말로 좋겠다고 하는 사람들이 점점 늘어나고 있다는 사실을 알면 놀라지 않겠어요?

브리튼 죽어? 내가?

오든 밀워키에선 안 그럴걸. 거기 사람들은 날 사랑했는걸.

카펜터 오페라가 하나 더 나오는 것도 싫고, 시가 더 나오는 것도 싫고. 다만 장례식을 원하는 거죠.

브리튼 난 아직 할 게 많은데.

오든 난 이 오페라 대본을 쓰고 싶어.

카펜터 거기에 악의는 없어요. 그저 무언가의 완결을 원하는 인간의 욕망일 뿐인 거죠…. 당신들 이름 밑에 밑줄을 긋는 그런 사소한 만족감 말예요. 죽음이 삶의 모양을 잡아주잖아요.

아시겠지만, 당신들은 죽고 나면 온전하게 당신들의 숭배자들한테 속하게 돼요. 그 사람들이 당신들을 소유하는 거죠. 심지어 그 사람들은 당신들 얼굴에 대고 당신들이 한 말을 그대로 인용할 수도 있어요. —이미 죽은 후의 얼굴이겠죠— 아마 당신들 장례식이나 웨스트민스터 대성당에서 비석 제막식을 할 때 그렇게 하게 되겠죠. 끝을 보고 정리를 한 거죠. W. H. 오든, 벤저민 브리튼. 다음.

피츠 그래도 배우들한테는 안 그러겠지, 그지?

작가 왜요?

피츠 우리가 가버리길 기다린다고?

작가 그럼요. 그런데 작가나 작곡가들은 새로운 지평을 개척해야 한다는 요구를 받지만, 배우들은 항상 그렇지는 않죠. 배우들은 대개 비슷비슷해요.

피츠 나도?

케이 그럼요, 선생님도요. 그리고 그건 어느 시대 어떤 배우건 대충 마찬가지예요. 공연마다 가서 자세히 관찰해보면 알게 돼요. 모두들 자기만의 연극 조리 도구를 담은 작은 상자를 하나씩 들고 있죠—래리[35]의 갑작스런 포르티시모, 존 G[36]의 트레몰로….

피츠 그게 바로 스타일이라는 거 아냐?

케이 알렉[37]이 하는 걸 자세히 살펴본 적이 있어요.

팀 어떤 알렉이요?

케이 어떤 특정한 대사 한 줄에서 다리를 살짝 떨곤 했었죠. 5년 후에 다시 같이 일을 하게 됐는데… 다른 작품에서도 같은 움직임을 보이더군요. 멍청하게도 그걸 연출자에게 얘기해주는 실수를 저질렀는데, 그 연출 역시 멍청하게도 그걸 알렉한테 얘기해준 거예요. 그 결과, 알렉은 나흘 동안 입을 다물고 아무 말도 안 했어요. 어쨌거나 다들 그런 게 있어요. 위대한 연기란 건 공구상자예요.

피츠 도둑질당하지 않은 게 천만다행이군.

케이 꺼내서 쓰지 않으면 그렇게 할 거예요.
(큐를 주며) '당신 왜 이러는 거요?'

브리튼 당신 왜 이러는 거요? 전기를 쓴다고? 당신 나름대로 뭘 하지, 왜 다른 사람의 인생에 묻어서

가려는 거요?

오든 일정 정도의 자기비하가 개입되어 있는 것 때문이라 참고 봐주기가 어렵군. 전기 작가란 본인이 제아무리 일류급이라 하더라도 어쩔 수 없이 이류가 될 수밖에 없는 존재지.

브리튼 말이 나왔으니, 누구의 인생이 더 좋은 읽을거리가 될까? 자네 거겠지, 아마도. 베를린. 뉴욕. 이스키아. 나는 뭐가 있지? 알브르.

카펜터 그리고 소년들이 있죠.

브리튼은 일어나서 떠날 준비를 한다.

브리튼 가야겠군.

오든(혹은 피츠)은 잠이 들었다.

헨리 지금 피츠 입장에서 자는 건가, 아니면 오든 입장에서 자는 건가?

작가 사실, 오든은 이 대목에서 잠들어도 돼요. 상당히 그럴듯하네요.

케이 그런 말씀 마세요. 굉장히 난감한 문제의 실마리가 될 수 있어요.

피츠 나 안 자.

케이	주무셨어요, 선생님.

피츠	내일은 담배 피우잖아, 도움이 좀 될 거야.

브리튼	가야겠….

오든	전화해줄 텐가? 여기선 수위실을 통해서 전화를 연결해준다네. 난 언제든 시작할 수 있어.

브리튼	피터하고 얘기해볼게.

오든	안부 전해줘. 내가 얼마나 변했는지도 얘기해주고.

브리튼	우리 둘 다 변했어.

누군가가 계단을 뛰어올라온다. 스튜어트다.

스튜어트	아, 죄송합니다.

오든	여긴 내 친구…. 자네 이름이 뭐였더라?

스튜어트	스튜어트요.

오든	이쪽은 브리튼 씨네.

사이.

스튜어트	제가 왜 돌아왔느냐면요… 제가 혹시 방해하는 건가요?

오든	그런가? 이 사람이 지금 뭐 방해하고 있나, 벤지?

브리튼	아니. 우린… 우린 다 끝났잖아.

스튜어트 왜 돌아왔느냐면요, 저기 제가 노럼 로드에 사는 어떤 노인네한테 갔었는데요. 제가 어디 있다 왔다고 얘기했더니—보통은 이런 얘기 잘 안 해요. 저 손님 얘기는 안 하거든요—그랬더니 저한테 다시 돌아가보라는 거예요. 선생님이 유명한 사람이라고, 나중에 손자한테 이야기해줄 거리가 될 거라고요.

오든 그거야 자네가 손자를 얻게 될 것이냐 하는 문제에 달렸지.

스튜어트 아, 그럼요. 지금은 그냥 변하는 과정이에요.

오든 그리고 또, 자네가 가정하고 있는 손자들이 얼마나 트인 애들이냐에 달려 있는 문제이기도 하지. '네 할아버지가 한때는 콜보이였는데 말이다.' 이건 아이들 잠자리 이야기라고 보기엔 아무래도 무리가 있거든.

스튜어트 말씀드렸잖아요. 저는 제 일을 그런 식으로 묘사하지 않는다고요. 제가 이해가 안 가는 건 이거예요…. 제가 만난 그 사람을 찾아가잖아요? 그 사람이 문을 열어주는데 사방이 다 책인 거예요. 입구에, 층계참에, 온통 다 책하고 그림이에요…. 그것도 진짜 그림들, 인쇄한 게 아니고요. 그리고 벽시계가 똑딱거리면서 가는데, 그 사람은 셰리주를 따라놓고 벽난로 앞 스탠드 아래 앉아 있어요. 게다가 그 사람이 라디오그람이라고 부르는 기계에다가 고전음악을 틀어놓고 있고요…. 정말 너무 좋아요.

오든 자네 취향이 그렇다면 자넨 브리튼 씨를 만나러 가야겠군.

스튜어트 그런데 그때 그 양반이 저보고 하는 얘기가 선생님한테 돌아가봐야 한다는 거예요. 선생님은 위대한 분이라고…. 그런데 이것 좀 봐요. 선생님 꼴 좀 보세요. 쓰레기더미잖아요. 물론, 아무리 아늑해본들, 그 양반이 여전히 원하는 건 제 그거 끄집어내라는 거죠. 전 그렇게 하면 그 방을 더럽힌다는 느낌이 들 뿐인데 말예요. 저는 사는 건 그 두 가지 중에 하나를 선택하는 거라고 생각했었거든요. 그런 사람들도 그 짓을 할 거라고는 생각도 안 해봤어요. 정말 그런 짓 할 것처럼 안 생겼거든요. 그 양반이 굉장히 점잖은 사람인 줄 알았어요.

오든 그랬다면 자넨 상당히 구식이군.

스튜어트 아까 물어보셨잖아요, 제가 아는 게 뭐가 있느냐고요? 제가 한 가지 알게 된 건, 기회만 있으면 누구나 다 그 짓을 한다는 거예요. 어떤 식으로든요. 그런데 그건 뭐 배운 거라고 할 수도 없죠, 그죠?

피츠 이게 말이야, 작가 선생, 이 젊은 애를 너무 미화시키고 있다는 느낌 안 드나? 미안해, 팀. 자네처럼 예민하고—게다가 어찌 보면 품위까지 있는 사람이 이 인물을 이런 식으로 만들어 나가면, 이 인물이 매춘을 하는 게 말이 되나?

작가 그거야 말이 되죠.

팀 전 그래서 이 캐릭터가 콜보이라고 불리는 걸 좋아하지 않는 게 이해가 가요.

피츠 그렇지. 바로 그건데, 이 캐릭터가 콜보이가 될 수 있겠느냐는 거지?

케이 그건 선생님이 질문할 문제가 아닌데요, 안 그래요?

피츠 내가 이 장면을 연기해야 하니까 하는 소리지!

팀 제가 잘못하고 있나요?

케이 아니. 전혀 아냐. 피츠 선생님. (그러지 말라는 듯이 고개를 가로젓는다)

헨리 내가 70년대에 로열아카데미 다닐 때 굉장히 가난한 친구가 하나 있었어. 근데 그 친구가 매춘을 했어요.

도널드 불쌍한 놈.

팀 왜요? 상당히 즐거운 일이었을 수도 있어요. 그때는 이런저런 문제 다 생기기 전이었잖아요, 안 그런가요? 위험하지도 않았고.

케이 어떻게 했대요? 피카디리 근처에서 왔다 갔다 했나?

헨리 아니, 아니. 그거보다는 수준이 좀 있었지. 다른 일이랑 똑같아. 우선 에이전시를 만나고. 손님이 에이전시에 연락하면 에이전시에서 이 친구한테 연락해서, 우리 연극에서 나오는 것처럼 그렇게 찾아다니는 거야.

케이 그럼 다른 사람들… 다른 콜보이들은요? 그 사람들은 그 일만 했나요?

헨리 가지가지지, 뭐. 웨이터도 있고, 공군성에 소속된 애도 있고. 소더비 경매장에서 짐꾼으로 일하는 애도 하나 있었고.

팀 선생님 친구는 그 사람들에 대해서 뭐라 그러던가요, 손님들 말예요. 그 일에 대해서 안 좋게 느꼈나요?

헨리 누가?

팀 선생님 친구분이요.

헨리 아니. 전혀 안 그랬어. 딱 한 번, 어느 날 저녁에 새 손님을 찾아갔는데… 그게 로열아카데미 교수 중 한 사람이었던 거야.

피츠 둘이 했대나?

헨리 그 교수가 등록금 문제를 좀 도와주겠다고 했대요. 그래서 그 후로는 그 일을 대충 정리했대요.

피츠 대충? 어쨌든 그 교수하고는 잤대?

사이.

헨리 이따금씩요.

케이 사는 게 그렇지.

헨리 그렇지.

케이 자. 마지막 한 바퀴 남았습니다.

헨리 무슨 얘길 하려고 한 거냐면—대개의 경우에는 아주 정상적일 수가 있다는 거야. 그냥 일인 거지. 타락한 게 아니고.

무대조감독 (큐를 주며) '가봐야겠어.'

브리튼 가봐야겠어.

오든 아냐. 우리 아직 안 끝났잖아.

브리튼 와이스턴. 끝났어.

오든 그리고, 자네 손자들한테 얘기할 때 이 양반 얘기도 해도 돼.

스튜어트 예? 선생님도 유명한 분이세요, 그럼?

브리튼 아니. 난 그냥 오든 선생님 잘 아는 사람.

오든 아주 오래된 친구지.

스튜어트 서로서로 다들 잘 아는군요.

오든 자, 이제 두 사람을 서로 소개시켜줬으니, 난 잠깐 화장실에 다녀와도 되겠지…. 어쨌든, 난 화장실에 가서 볼일을 보는 것으로 자네 두 사람 한테 존경을 표하는 바이네.

오든 퇴장. 어색한 침묵.

스튜어트 두 분 중에 어떤 분이 더 유명하세요? 1부터 10까지 점수로 하면요.

브리튼 둘 다 8 정도?

스튜어트 선생님은 좀 더 정상이네요. 일단 냄새도 안 나고. 그래서, 제가 늙었을 때 선생님도 기억하고 있어야 하나요?

브리튼 노럼 로드에 사는 그 사람한테 물어보렴. 음악을 틀어놓고 있을 때. 저 양반에 대해서는 시를 읽고 있을 때 하고.

스튜어트 저 선생님이 섹시했었나요?

브리튼 외모 얘기하는 건가? 그건 아니지. 하지만 한 번 같이 있어 보면 다른 사람하고 같이 있을 생각이 사라지지. 그리고 항상 말을 하고 있지. 사람들이 저 양반 입을 다물게 하기 위해서 같이 잘 정도였으니까…. 그래도 안 다물었지만. 젊은 사람들은 저 양반이 말하는 방식이며, 옷 입는 방식까지 흉내 냈어. 그리고 글도 저 양반처럼 쓰려고, 최소한 흉내들은 냈지. 저 양반은….

스튜어트 스타였군요.

브리튼 그렇지, 그런 셈이지. 자네는… 음악에는 관심이 없나?

스튜어트 아뇨. (사이) 선생님은요?

브리튼 나는, 있지. 약간.

스튜어트 와, 그렇군요. 어떤 종류요?

브리튼 아, 주로 지식인들이 좋아하는 것들. 오케스트라. 성가곡. 오페라.

스튜어트 와, 그렇구나. 그렇구나. (관객을 향해) 이런 때가 바로 내가 버스 정류장에 가 있었으면 하는 순간이에요. 할 말이 없잖아요. 이 사람을 글루체스터 그린 환승장에서 만났더라면 이런 건 안 겪어도 되는 건데 말이죠….

브리튼이 코드를 하나 연주한다.

스튜어트 전 오페라는 한 번도 본 적이 없어요.

브리튼 그거 잘됐군. 자네처럼 오페라를 한 번도 본 적이 없는 사내애들을 위해서 내가 쓴 오페라가 있었지.

스튜어트 그래요?

브리튼 아주 즐거웠었어. 출연자 중에는 노래나 악기 연주를 못하는 애들도 있었는데 그래도 드럼이나 찻잔을 두들기면서 음악을 만들었지.

스튜어트 찻잔이요?

브리튼 응. 관객들도 노래를 했고.

스튜어트 보수를 줬어요?

브리튼 관객들? 아니. 아니. 관객들은 그냥… 뭐랄까, 애정 때문에 한 거지, 내 생각엔. 난 서포크에 살아. 사람들… 거기 사람들은 날 좋아하지. 언제 한번 놀러와.

스튜어트 서포크에요? 예. 가보고 싶어요.

카펜터 브리튼의 소년들은 대개 그것보다는 좀 더 많은 것들을 제공했습니다. 우선 목소리를 제공했죠. 다들 악보를 읽을 줄 알았고, 그 중 일부는 음악을 연주할 줄 알았습니다. 작곡을 할 줄 아는 아이들도 있었죠. 모두들 어느 정도 성공적인 젊은이들이었습니다. 이 아이들이 브리튼에게 제공한 건 각자의 자지였습니다.

스튜어트 그래서? 내가 그걸 모를 것 같아?

브리튼 나는 모를 것 같나?

오든이 돌아온다.

오든 가는 건가, 벤지? 잠깐 내 손 좀 잡아주게.

브리튼이 나가자 오든은 무언가 생각해내고는 계단 꼭대기로 뛰어올라간다.

오든 그리고 기억하게 벤. 알브르 엿 먹으라 그래. 말이 나온 김에, 글라인드번[38]도 좆 까라 그래! 벤. 밀고 나가. 아, 보일.

보일은 (헨리가 읽는다) 쟁반을 들고 올라오다가 오든이 전력을 다해 저주를 퍼붓는 걸 들었음에 틀림없지만, 평소와 다름없이 평정을 유지하고 있다.

보일 제가 방해가 된 건 아니겠죠, 선생님? 저녁 식사에 참석하지 않으셨더군요. 선생님답지 않으십니다. 학장님이 걱정하셨습니다. 돌아가셨을지도 모른다고 생각하셨어요.

오든 그렇게 운이 좋을 리야 없지. 아무튼… 내 입에서 나오게 되리라고는 상상도 못했던 문장을 사용하게 되는군. 시간을 잊었네.

보일이 저녁상을 차린다.

오든 (스튜어트에게) 뭘 좀 먹었나?

보일 자, 어서요, 선생님.

오든 내가 먹기엔 시간이 너무 늦었어.

스튜어트 정말이세요?

오든 들게.

보일이 잡아먹기라도 할 것 같은 표정으로 쳐다보면서 스튜어트에게 와인을 부어주려고 한다.

보일 톨키엔 교수님이 식당에서 저녁을 들고 계십니다, 선생님.

오든 거 참 안타깝군. 내 그 양반을 좋아하는데.

보일 책을 또 한 권 쓰셨다는군요.

오든 정말인가? 또 그 빌어먹을 엘프족 얘기겠지.

보일 브리튼 선생이 왔다 가신 건가요? 큰 차가 있더군요. 운전수도 있고. 광고음악을 쓰시는 모양입니다. 요즘 음악가들은 다들 그렇게 해서 돈을 벌죠. 더 필요한 거 없으신가요? 그럼 안녕히 주무십시오.

스튜어트 (보일을 놀리는 것일 수도 있다) 굿나이트.

보일은 대꾸를 해주는 체면치레도 하지 않는다.

오든 늦었군. 아홉 시야.

스튜어트 오랄 하고 싶으시면 지금 하셔도 돼요.

오든 잠자리 술 대신에 말인가? 난 스카치가 더 좋아. 자네 깨끗했던 적이 있나?

스튜어트 뭐에 대해서요? 저 아무 짓도 안 했어요.

오든 손을 안 탔던. 손때가 안 묻었던 때 말이야.

스튜어트 어렸을 때요. 지금도 어리다고 해야겠지만요. 아무튼 아무도 건드리지 않았던 때가 있었죠. 당연히.

오든 누군가 탓하고 싶은 사람이 있…?

스튜어트는 별로 그렇지 않다는 몸짓을 한다.

스튜어트 (방 안을 보며) 선생님은요…?

오든이 미소를 짓는다.

오든 사방에 먼지투성이야.

스튜어트 사람한텐 없어요. 그리고 꼭 냄새를 풍기고 다닐 필요는 없잖아요. 더군다나 요즘 같은 시대에요.

오든 자넨 간호사가 되는 게 낫겠군.

스튜어트 그 생각도 해봤어요. 사람들을 가지고 놀면서 그 자지들도 내 마음대로 할 수 있는 또 다른 직업이죠.

오든은 레코드판을 걸고 〈피터 그라임스〉에서 나오는 '네 개의 바다 서곡Four Sea Interludes' 시작 부분을 튼다.

스튜어트 (관객에게) 이 양반은 저한테 온갖 종류의 질문들을 던졌어요. 전 아무것도 안 물어봤어요. 나중에, 한참 세월이 흐른 뒤에, 이 사람들이 다 죽었을 때, 그제야 전 독서를 시작했고, 전에 뭘 물어봤어야 했는지를 발견하게 됐습니다. 그때 물어보지 못했던 질문들이 여태 절 괴롭힙니다.

카펜터 두 사람의 사망은 장소도 아주 적절했습니다. 예순여섯 살이었던 오든은 심장마비로 눈 깜짝할 사이에 세상을 떴습니다. 비엔나에 있는 한 이류 호텔에서 혼자 있을 때였습니다. 그다지 아늑한 죽음이었다고 하긴 어렵죠.

브리튼은 예순세 살의 나이에, 자기 음악의 형식에 어울리게 자기 집에서 좀 더 품위 있는 모습으로, 피터 피어스에게 안긴 채 죽음을 맞았습니다. 물론 누군가의 품에 안겨서 죽는다는 건 양쪽 모두에게 그다지 편안한 자세가 아니기 때문에 이 표현은 단순히 수사일 가능성도 있습니다. 많은 성가곡을 쓴 건 브리튼이었지만, 정작 신자였던 건 오든이었습니다. —어쨌거나 두 사람 모두 웨스트민스터 대성당에 기념비가 안치되는 것으로 삶이 마무리되었습니다.

오든 이건 아무리 자주 말해도 지나치지 않아. 중요한 건 작품이야.

무대조감독이 새로운 대본을 몇 쪽 나눠준다. 음악이 꺼진다.

피츠 이건 뭔가?

케이 뭔지 아시면서. 어제 해봤잖아요. 새로운 결말이요.

피츠 난 지금 우리 결말에 무슨 문제가 있는지 아직도 모르겠어. 주인공이 죽으면서 매끄럽게 끝나잖아. 시인 자신이 남긴 대사로 말이야. 도대체 문제가 뭐야?

작가 오든이 직접 한 말이 있어요. —원래 대본에 있는 건데, 아니, 잘라내기 전까지는 있었던 건데—《태풍》의 결말이 어딘가 좀 아니라는 거였어요. 다 깔끔하게 마무리가 됐지만 뭔가 할 말이 더 남아 있는 것 같다는 거였죠. 그래서 칼리반이 말하도록 한 거였어요. 그래서 이 작품의 제목이 〈칼리반의 날〉인 거고요. 보세요, 오든하고 브리튼은 죽었고, 카펜터도 2005년에 죽었어요. 유일하게 남아 있는 사람은 그 콜보이예요. 다시 한 번 칼리반이 등장하는 거죠. 그 애한테는 무슨 일이 일어났을까?

피츠 그게 상관있나? 관객들은 신경도 안 쓸 텐데. 아무 생각 없는 사람들.

작가 바로 그거예요. 그래서 이게 문제가 되는 거예요. 신경을 쓰도록 만들어야죠. 이 콜보이 문제를 처리해줘야만 돼요. 다들 갔지만, 이 칼리반은 아직 우리 옆에 남아 있단 말예요.

헨리 칼리반은 항상 우리랑 같이 있지.

케이 어쨌든 한번 가봅시다.

헨리 그 애가 이겨야 하는 건가? 왜냐면 그렇게 하면 너무 감상적이잖아. 그런 애들은 절대 못 이겨.

팀 로열아카데미의 그 친구분은 이겼잖아요.

도널드 그리고 계속 살아가고 있잖아요. 그건 누가 봐도 이긴 거예요.

작가 그냥 좀 해보면 안 될까요, 예?

케이 예. 이 장면 앞뒤로 이어 붙여서 갑니다. 피츠 선생님.

오든 이건 아무리 자주 말해도 지나치지 않아. 중요한 건 작품이야. 그날 밤 비엔나에서 난 예이츠의 죽음에 관해 내가 쓴 시의 한 부분을 읽었네.

오든은 아래의 시를 나무랄 데 없이 낭송한다.

오든 ‘땅이여, 이 고귀한 손님을 받으시라.

윌리엄 예이츠가 쉬기 위해 누웠으니

이 아일랜드의 큰 그릇이 누워

자기 시를 비워내도록 하라.

용감한 자와 순결한 자에게

관용을 베풀지 않는,

한 주 만에 한 아름다운 강건한 육체를

무시해버리는, 시간이여.

언어를 경배하고, 자신을 의지해 사는

모든 이를 용서해주는;

비겁함과 자만을 허용해주고

그 발밑에 자신의 명예를 내려놓는

시간이여, 이 기이한 변명으로

키플링과 그가 그린 세계를 허용해준

폴 클로델을 허용해줄

잘 쓴다는 이유로 그를 허용해주는

따라오라, 시인이여, 따라오라

밤의 심연 그 끝까지,

거침없는 그대의 목소리로

우리도 기뻐할 수 있다고 끊임없이 설득하라.

마음속에 들어 있는 사막 안에서

치유의 분수가 시작되게 하고,
그가 보낸 세월의 감옥 속에서
자유인에게 찬미하는 법을 가르쳐라.'

피츠 그리고 여기서, 이 시로 끝을 맺어야 된다고 난 믿어. 아주 품위 있게. 아주 훌륭하게 다 정리해 주잖아. 미안하지만, 여러분, 정말 그렇다니까. 그리고 이건 날 위하자고 하는 소리가 아냐. 난 개인적으로 마지막을 장식하고 싶은 생각 없어요. 난 오든을 생각하고 있는 거야. 관중들은 여기서 끝났으면 하고 원한다니까, 정말로.

작가 그 남자애가 설명되지 않은 채 끝내는 건 너무 쉬운 방법이에요. 오든이 《태풍》을 두고 너무 말쑥하게 마무리지었다고 한 건, 그럼 그건 뭡니까?

피츠 시인이 말하게 하자, 난 그냥 그 얘길 하는 거야.

케이 지금 당장은 어쨌거나 대본에 있는 대로 연습합시다.

작가 고맙습니다.

케이 팀!

스튜어트 오든은 그날 밤에 내가 원하는 게 뭐냐고 물었어요. 그땐 그걸 몰랐고, 지금도 완전히 아는 건 아니지만, 만약에 그때 뭔가 말했다면, 이렇게 말했어야 합니다.

카펜터 그러고 나서 소년은 기념비를 뚫고 자라나는 야생 무화과나무처럼 일어섭니다.

피츠 거봐, 저게 도대체 무슨 소리야?

작가 콜리지[39]한테서 인용한 거예요.

피츠 그걸 누가 알겠어?

팀 이 장면 갈 거예요, 안 갈 거예요?

케이 갈 거야. 피츠 선생님, 제발 좀.

팀 그러고 나서 다시 브리튼을 불러오는 거예요, 그죠? (스튜어트가 되어) 일단 브리튼이 돌아와야 해요.

브리튼 이미 돌아왔어. 소환장 같은 건 필요 없어. 그 유명한 내 차가 사라졌더군.

피츠 나야? (오든이 되어) 이렇게 해서 다시 한 번 칼리반이 관객들에게 이야기할 준비를 하는군.

팀 제 옷을 벗나요?

피츠 아, 니기미 정말, 꼭 그래야 되는 거야? 그러면 관중들이 다른 건 아무것도 안 봐.

작가 스튜어트가 옷을 벗어야 돼요.

피츠 너무 구식이야.

헨리 그건 선배님이 신경 쓸 문제가 아니죠, 안 그래요? '내가 가진 건 이게 다예요'라는 대사가 있기 때문에 스튜어트가 벗어야 돼.

케이 오늘은 그런 거 다 좀 그대로 놔두고 대본에만 집중하면 안 될까요? (큐를 준다) '이렇게 해서 다시 한 번….'

오든 이렇게 해서 다시 한 번 칼리반이 관객들에게 이야기할 준비를 하는군.

스튜어트 아뇨, 칼리반이 아녜요. 그게 누군지 모르겠지만요. 헨리 제임스나 다른 사람의 언어를 빌리는 것도 아니고요. 아녜요. 그냥 나예요. 우리. 여기. 지금. 언제나 우리가 이걸 이해하고 우리 할 말을 하게 될까요? 위대한 인간들의 삶은 후손들을 위해서 잘 포장이 됐어요. 하지만 우린 뭐죠? 우린 언제 갈채를 받으면서 인사를 하죠? 전기를 통해서는 아닐 거예요. 심지어 일기를 통해서도 아니고요.

'콜보이가 찾아왔다. 언덕에서 태웠다. 머물지 않았다.' '네 할아버지는 W. H. 오든이 오랄을 해준 적이 있단다.' '벤저민 브리튼이 내가 목욕하고 있는 욕조 앞에 발가벗고 앉아 있었단다.' 이런 게 아무것도 아닌 게 아니라면, 우린 최소한 어떤 기여를 한 거예요. 우린 예술하는 아이들로서 봉사하고 있었던 거예요. 어떤 독특한 사진이 있어도, 거기에 나오는 사람들이 누군지 기억하는 사람은 아무도 없어요. 누군지 밝히지 않거나, '성명 미상의 친구와 함께' 라고 하고 말죠. 이름 없는 여자애들, 이름을 밝히기 곤란한 사내애들, 잠깐 데리고 놀던 애들, 속임수로 홀린 애들. 예술을 먹여 키우는 사료.

카펜터 그래서 원하는 게 뭔데? 언급? 각주?

스튜어트 난 판단하고 싶어요. 오든 선생님은 편안함이니, 영국이니 하는 것들에 대해 계속 말하죠. 하지만 영국이 편안한 게 아네요. 편안하게 해주는 건 예술이고, 문학이고, 그 사람이고, 당신이고, 당신들 패거리예요. 그 바깥에는 항상 누군가가 남겨져 있어요. 당신들은 다 지도를 가지고 있어요. 나한테는 지도가 없어요. 나는 내가 뭘 모르는지조차 모르고 있어요. 나도 안으로 들어가고 싶어요. 합류하고 싶어요. 나도 알고 싶어요.

오든 아냐. 자네는 알고 싶어하는 게 아냐. 알고 싶어하는 사람은 더 이상 아무도 없어. 자네는 칼리반이 항상 원하던 걸 원하는 거야. 알고 있는 사람처럼 보이고 싶은 거지. 그건 우리가 도와줄 수 없어.

피아노가 '내게 집으로 가는 길을 알려줘' 를 연주한다.

오든과 브리튼은 앉아 있고, 카펜터는 두 사람 사이에 놓여 있는 테이블을 가로지르며 기대어 서 있다. 스튜어트는 자기 가방을 집어 들고 문을 연다. 고개를 돌려 그들을 본다. 브리튼이 잠시 스튜어트를 향해 고개를 돌리지만, 다시 외면한다. 스튜어트가 문을 닫을 때 음악이 끝난다.

케이 고맙습니다. 잘해주셨어요. 여러분. 내일 오전 열 시에 모두 모입니다.

피츠 내일은 좀 나을 거야.

케이 (피츠를 안아주며) 알아요.

헨리 삭막하네. 마지막에 스튜어트 손이라도 잡아줘야 되는 거 아닌가 몰라?

작가 아녜요….

매트 피츠 선생님, 선생님 차 밖에서 대기하고 있습니다.

피츠 고마워.

팀 괜찮으시겠어요?

피츠 그게 말이지, 《태풍》이 문제가 바로 그거였어. 칼리반이 그 질문을 던질 기회를 잡질 못했다는 거. '괜찮으시겠어요, 프로스페로님?'

난 괜찮아, 괜찮을 거야. 그렇게 된 거야 벌써 된 거고. 그렇게 되지 않은 것도… 그것 역시 된 거야. 자 이제 진짜 일을 하러 가야지. '귀하께서 애호하는 인스턴트 커피를 어떻게 묘사하시겠습니까? 귀하께서 저와 마찬가지시라면, 그건 광활한 목장의 느낌과 더불어 올 것입니다!' 이제 연기가 좀 제대로 되는군. 굿나이트.

피츠는 배우들이 일제히 건네는 인사를 들으며 퇴장.

팀 아이고 참.

헨리 걱정하지 마. 저 양반 잘 넘길 거야. 항상 그래왔어. 대사가 기억이 안 나잖아, 그러면 기억력이 나쁜 사람 연기를 한다니까. 그럼 사람들은 다 그게 어떤 영감을 받은 연기라고 생각하는 거야. 반대로 나처럼 대사의 소소한 것까지 다 기억해서 말하는 사람한테는 항상 그렇듯이 효과적인 연기를 한다고 하고.

케이 그러니 얼마나 다행이에요.

헨리 당신이야 벌써 다 겪어본 거잖아.

케이가 헨리에게 가볍게 입을 맞춘다.

도널드 전 아직 그 사람을 못 찾은 거죠, 그죠?

팀 누구?

도널드 카펜터.

케이 거의 다 와가고 있어, 자기야.

도널드 아까 그 음악은 도움이 됐나요?

케이는 의미를 분명히 알 수 없는 몸짓을 한다.

도널드 그게 참 어려운 게, 왜냐면 말예요, 내가 보기에는 카펜터가 이 작품의 중심이거든요. 핵심이란 말예요.

헨리 (자전거를 끌고 가고 있는 팀에게) 어느 쪽으로 가나?

팀 바에 들르려고요.

이 상황이 벌어지는 동안 헨리는 팀 주위를 맴돌고 있다. 두 사람 퇴장.

도널드 가발을 써야 되는 거 아닐까 싶어요.

케이 자기야, 내일.

작가는 수줍게 손을 들어 작별인사를 하는 도널드에게 거의 부딪칠 뻔한다.

작가 배우들… 난 도저히 적응이 안 돼.

케이 피츠 선생님은 지금 겁을 먹고 있어요. 그래서 그런 거예요. 그런데 따지고 보면 다들 그래요.

연기를 한다는 건 겁을 먹는다는 거거든요. 제가 배우를 하던 시절에는 전 항상 겁에 질려 있었어요. 매 공연 시작하기 전마다 토했으니까요.

작가 연기를 하신 줄은 몰랐네요.

케이 했죠. 얼마나 좋아했는데.

작가 그런데 어떻게 됐어요?

케이 아무렇게도 안 됐죠. 그게 문제였어요.

작가 오늘 오후엔 아주 잘했어요.

케이 배우들은 병사들이나 마찬가지예요. 병사들은 적군을 무서워하잖아요. 배우들은 관객을 무서워해요. 실패하는 것에 대한 두려움, 대사를 잊는 것에 대한 두려움, 예술에 대한 두려움이 있는 거죠. 올리비에는 은퇴할 즈음에는 완전히 겁에 질려 있었어요. 맨 앞줄에 앉아 있으면 그분이 덜덜 떨고 있는 게 보였어요. 그리고 그런 것들 말고도, 이 건물에 대한 두려움이 있어요. 로널드 아이어하고 한두 번 같이 일한 적이 있어요. 쉽지 않은 사람이죠. 그리고 다른 최고 수준의 연출자들이나 마찬가지로 전직 교사 출신이었어요. 로널드는 두려움이 뭔지 알고 있었어요….

그분은 로열 셰익스피어에서 일하다가 여기 연지 얼마 되지 않아서 이리로 왔어요. 오프닝 날은, 당연히, 대재앙이었죠. 그분은 그 즉시로 여길 나가야 된다고 하고는 올드 빅[40] 극장으로 돌아가서 거길 빌렸어요. 그리고는 여기 국립 극장—올리비에 극장은 스케이트장으로, 코트슬로 극장은 당구장으로, 그리고 리틀턴 극장은 권투 경기장으로 바꿔버렸어요. 그러고 나서 20년이 넘게 소박하고 단순한 위락시설로 사용되는 동안 낡고 쇠락하고 문화적인 분위기가 싹 빠져나가고 난 다음에, 그렇게 해서 공연한 겉치레가 완전히 사라지고 난 다음에야, 소리 소문 없이 슬그머니 돌아와서는 가끔씩 공연을 올리기 시작했어요. 이젠 아무도 겁먹을 필요가 없었죠. 물론 배우들은 빼놓고요.

그런데 로널드 아이어가 한 것도 정답은 아니었어요. 왜냐하면 이곳의 날카로운 모서리를 두들겨서 무디게 만들고, 광택을 벗겨서 때를 묻히고 위협적인 요소를 제거한 건 바로 연극이었거든요. 연극은 노골적이고, 연극은 보잘것없고, 연극은 불합리하고, 연극은 죄를 씻는 일이고, 연극은 빛이 나고, 연극은 타락했고… 하지만 연극은 고집스럽게 계속돼요. 연극, 연극, 연극. 예술하는 습관인 거죠.

작가 그 양반은 어떻게 됐어요?

케이 로널드요? 아, 그거야 뭐, 돌아가셨죠.

작가 (걸어 나가며) 하지만 우리 작품 말예요. 내가 옳아요. 그죠? 누군가는 항상 뒤에 남겨지게 되죠, 어떤 식으로든.

케이 아, 그럼요, 선생님. 항상, 매번 그렇죠.

작가 퇴장. 케이는 자신의 소지품을 챙겨 들고 퇴장하면서 불을 끄고 나간다.

끝.

옮긴이 주

1 Christ Church. 이름은 교회라고 되어 있지만, 사실은 옥스퍼드대학교University를 구성하는 여러 개의 대학College들 중 가장 중심이 되는 대학이다. 같은 이름의 영국 국교회가 함께 있어서 그런 이름이 붙었는데, 뒤에 '대학'이라는 명칭을 붙이지 않는 전통을 지키고 있다.

2 Brewhouse. 크라이스트처치에서 가장 오래된 건물 중 하나로, 16세기에 지어졌다. 처음 지어질 당시에는, 이름 그대로 양조장이었다. 이 연극의 배경이 되는 1972년을 전후한 시기에는 유력한 동문들의 숙소로 제공되었고, 극중에서는 오든이 현재 살고 있는 숙소로 그려진다. 현재는 대학 자료 보관소로 활용되고 있다.

3 Exeter College. 옥스퍼드대학교 전체에서 네 번째로 오래된 대학으로, 1314년에 설립되었다.

현재 남아 있는 브로이하우스의 모습.

4 오든은 말년에 경피골막증pachydermoperiostosis이라는 희귀질환을 앓는다. 'Touraine-Solente-Golé Syndrome'이라고도 불리는 이 질병은 대개 손가락과 발가락의 비정상적인 비대화, 우울증, 손발의 다한증 등을 수반한다. 특히 얼굴에 굵은 주름을 많이 만들어 작가가 '써레질'이란 표현을 한 듯하다.

5 오든의 이름. Wystan Hugh Auden.

6 National Theatre.

7 오늘 이 배우들이 준비하고 있는 극중극의 제목이 바로 〈칼리반의 날Caliban's Day〉이다.

8 The Shepherd's Carol. 벤저민 브리튼 작곡, 오든 작사.

9 원본에 단순히 'Boy'라고만 되어 있는데, 등장인물 정황상 찰리 Charlie인 듯하다.

10 오든은 제2차 세계대전이 발발한 1939년 1월에 임시 비자를 받아 미국으로 간다. 이 일은 많은 영국인들에게 조국에 대한 배신으로 받아들여졌다. 이 대사는 이런 정서를 반영하고 있다.

경피골막증이라는 희귀질환을 앓게 된 오든의 말년 모습.

11 오든은 말년의 자기 얼굴을 두고 "빗속에 버려진 웨딩 케이크 조각" 같다고 했다.

12 오든은 동료이자 연인인 크리스토퍼 이셔우드와 함께 1938년에 중국에 가서 6개월간 거주하면서 중일전쟁을 취재한 후 영국으로 돌아온다. 두 사람은 1939년에 함께 뉴욕으로 떠나지만 이셔우드는 곧 캘리포니아로 옮겨가고, 이후로 두 사람은 이따금씩만 연락을 주고받는 사이가 된다. 오든은 이셔우드가 떠난 후 시인인 체스터 칼만Chester Kallman을 만나 1941년까지 연인관계를 맺는다. 오든은 두 사람의 관계가 대륙횡단 "신혼여행"으로 시작된 "결혼"이었다고 묘사했다. 칼만은 당시 불과 열여덟 살이었고, 서로에게 (결혼생활에서처럼) 신의를 지켜야 한다는 오든의 요구를 칼만이 거절하면서 성적인 관계는 정리되었다. 그러나 두 사람의 친밀한 관계는 그 후로도 계속 이어졌고, 칼만은 오든이 오스트리아에서 사망하고 나서 2년 뒤인 1975년 그리스 아테네에서 무일푼인 상태로 세상을 떠났다.

13 험프리 카펜터가 쓴 오든 전기는 1982년에 출간되었다. 카펜터는 1993년에는 벤저민 브리튼의 동성애적 성향이 그의 작품에 미친 영향에 초점을 맞춘 브리튼 전기도 펴냈다. 이 외에도 카펜터는 톨키엔(1977), 에즈라 파운드(1988), 에벌린 워(1989) 등의 작가들 전기를 펴냈고, 방송과 연극, 음악 등의 다양한 분야에서 활발한 활동을 펼쳤다.

14 Robert Frost(1874-1973). 프로스트는 월트 휘트먼과 더불어 가장 미국적인 시인으로 알려져 있는 사람이고, 생전에 네 번이나 퓰리처상을 수상하는 등 명예로운 인생을 살았다. 그러나 이런 영예로운 삶이나 목가적이고 묵시론적인 시 분위기와는 달리 개인적으로는 문제가 많았다고 알려져 있다. 제프리 마이어가 쓴 프로스트 전기에 따르면, 프로스트는 상당히 성질이 급하고, 폭력적이고, 질투와 허영심이 강하고, 불안정하고, 아이들에게도 억압적이고, 남을 지배하려 드는 성향이 있었다. 또한 기혼자인 비서와 오랫동안 내연의 관계를 맺어오면서

비서의 남편에게 금전적인 보상을 하기도 했다. 프로스트의 이런 성향은 집안 내력인 정신질환과 불행한 개인사와 관련 있는 것으로 여겨진다. 프로스트는 환청과 우울증 등의 정신질환 증세를 가지고 있었는데, 프로스트의 모친도 심한 우울증을 앓고 있었고, 여동생은 프로스트의 손으로 정신병원에 입원시켜야 할 정도였다. 여섯 명의 자식(2남 4녀)을 두었으나 마흔이 다 되어 자살한 아들을 비롯해서 넷이 프로스트의 생전에 사망했다.

15 Philip Larkin(1922-1985). 제2차 세계대전 후에 활동한 가장 뛰어난 영국 시인 중 한 명으로 꼽힌다. 옥스퍼드에서 영문학을 전공한 후 30여 년 동안 대학 도서관 사서로 일하면서 시와 소설을 발표, 또 재즈 평론가로도 활동했다. 은둔생활을 즐기는 전형적인 영국 지식인으로 알려져 있었지만, 1992년에 안토니 스웨이트Anthony Thwaite가 펴낸 《라킨 서한집》과, 그 이듬해 앤드루 모션Andrew Motion이 펴낸 전기는 라킨이 포르노그래피 중독자였으며 심한 인종차별주의자였다는 사실을 드러냈다.

16 F. R. Leavis(1895-1978). 영국 케임브리지에서 태어나서 제1차 세계대전에 참전했던 시기를 제외하고는 줄곧 같은 지역에서 살았다. 케임브리지대학교의 임마누엘 칼리지를 다녔고, 같은 대학의 다우닝 칼리지에서 거의 평생을 가르쳤다. 초기에는 시 평론도 했지만 주요 비평 분야는 소설이었다. 대학을 졸업하고 나서 당시의 엘리트들이 가는 과정인 연구원이 되지 못하고 박사과정에 들어갔다. 그러니까, 오든이 굳이 '리비스 박사'라고 부른 데에는 자기 작품을 비난한 리비스에 대한 완곡한 야유가 포함되어 있을 수도 있다. 프라드한S.K.Pradhan이 1972년 12월에 간행된 《옥스퍼드 저널》에 발표한 논문 "문학비평과 문화적 진단: W. H. 오든에 대한 F. R. 리비스의 비평"에 의하면, 리비스는 주로 1930년대와 40년대에 걸쳐 쓴 오든에 대한 비평에서 오든 작품의 무목적성과 작품 구성원리의 부재, 지나치게 사적인 의견을

보편화시키려는 경향 등을 지속적으로 지적해왔다.

17 Bernard Law Montgomery(1887-1976). 제2차 세계대전 당시 북아프리카 서부 사막 전선의 전투를 승리로 이끈 장군.

18 The Ash Grove. 웰쉬 지방의 민요. 여러 가지 가사가 있다. 그 중 가장 잘 알려진 것은 19세기에 존 옥슨퍼드John Oxenford가 영어로 쓴 것이다.

19 원문에서는 티모시Timothy가 그랬다고 언급하고 있는데, 맥락상 성서에 나오는 디모데일 수도 있고, 영국 배우 티모시 달튼Timothy Dalton일 수도 있다. 디모데는 히브리인들에게 전도하는 역할을 수행하기 위해 성인이 된 후에 사도 바울로부터 포경수술을 받았다고 전해진다. 배우 티모시 달튼은 로저 무어에 이어 007 본드 역을 맡기도 했는데 에밀리 브론테 원작 《폭풍의 언덕Wuthering Heights》의 히스클리프 역으로 유명세를 탔다. 이 작품에서 히스클리프는 어린 시절부터 반복적으로 입어온 상처에다 캐서린 언쇼의 사랑을 잃고 나서 복수를 꿈꾸며 외롭게 지내는 인물로 묘사된다. 두 사람 모두 우리 관객에게 익숙한 인물들이 아니기 때문에 구체적인 호명은 피했다.

20 원문에서는 'Church of England'와 'Welsh'(웨일즈 사람)를 대비시켜놓고 있다. 영국 본토United Kingdom는 북쪽의 스코틀랜드와 남서부의 웨일즈, 그리고 나머지인 잉글랜드로 구성되어 있다. 오든은 천주교나 개신교와 대별되는 교회로서 영국 국교를 언급한 것이고, 스튜어트는 자기 손님의 출신지를 묻는 것으로 이해해서 이렇게 대꾸한 것이다.

21 원제목은 'The Platonic Blow'. 댄 치어슨은 《뉴욕타임스》 서평지에 'The Best American Erotic Poems'에 대한 서평을 쓰면서, 이 책에 실린 시 중 압권은 '순수한 오랄'인데, 너무나 더러워서 차마 지면에 언급하지는 못하겠노라고 했다. 무려 27연으로 이루어진 이 장시는 동성애 커플이 길거리에서 한눈에 반한 후 오랄 섹스를 하는 장면까지

를 상세하게 기술하고 있다.

22 BBC Radio 3. 클래식 음악과 오페라를 중심으로 하면서 재즈, 월드뮤직, 문화, 미술 관련 프로그램도 내보낸다.

23 (국내 찬송가에는 아래와 같이 번역되어 있다.)

마귀들과 싸울지라, 죄악 벗은 형제여
담대하게 싸울지라, 저기 악한 적병과
심판 날과 멸망의 날 네가 섰는 눈앞에
곧 다가오리라.
영광, 영광 할렐루야 영광, 영광 할렐루야
영광, 영광 할렐루야 주 승리하신다.

24 Cyril Connoly(1903-1974). 옥스퍼드 출신의 문학평론가. 코놀리는 세 번 결혼했고, 마지막 결혼에서 늦게 두 자녀를 두었다.

25 Isaiah Berlin(1909-1997). 옥스퍼드를 나와서 외교관으로 일하던 몇 해를 제외하고 전 생애를 옥스퍼드에서 보낸 사상가. 당대 최고의 지성 중 한 사람으로 여겨진다.

26 Alfred Leslie Rowse(1903-1997). 가난하고 문맹에 가까운 부모에게서 태어났으나 장학금으로 옥스퍼드에서 교육을 받은 역사학자. 시를 쓰기도 했고, 셰익스피어 전문가이기도 했다. 1930년대에는 노동당 소속으로 선거에 나서기도 했으나 나이가 들어가면서 점차 우파적 성향을 띠게 되었다. 성질이 고약하고 지적으로 교만한 것으로 알려져 있었다.

27 Sir Stephen Harold Spender(1909-1995). 역시 옥스퍼드에서 교육받은 작가. 생전 자신의 양성애적 경향에 대해 이야기한 적이 있으며, 오든에게서 많은 영향을 받았다.

28 Aldeburgh. 영국 서포크의 바닷가 마을. 1939년에 오든과 함께 미국으로 떠났던 브리튼이 1942년에 영국으로 돌아온 후, 런던을 중심으로 하는 주류 음악계에서 그다지 인정을 받지 못하자 이곳에 정착한 후 1948년부터 알브르 페스티벌을 만들었다. 브리튼은 이곳에서 삼십

여 년을 살았으며, 이 페스티벌은 현재까지 이어져 내려오고 있다.

29 'Show Me the Way to Go Home'. 포크송. 어빙 킹이라는 가명으로 함께 활동한 두 영국인 제임스 캠벨과 레지널드 코넬리의 편곡으로 유명해졌다.

30 Douglas Byng. 영국의 코믹 싱어송라이터. 여장을 하고 공연하는 것으로 유명했다.

31 Mary Myfanwy Piper(1911-1997). 영국의 미술비평가이자 오페라 대본작가(리브레티스트). 화가이자 스테인드글라스와 프린트 디자이너였던 존 파이퍼John Piper와 결혼했다.

32 John Betjeman(1906-1984). 영국의 시인. 성적이 낮아서 옥스퍼드의 막달렌 대학에 상당히 힘겹게 입학한 것으로 알려져 있다. 게다가 그를 가르친 C. J. 루이스로부터는 "쓸데없는 것들에만 집착하는 얼간이"라는 평을 들을 정도였고, 결국 성적 불량으로 졸업에도 실패했다. 베츠먼은 옥스퍼드에 대해 유난히 집착했고, 1974년에는 그 학교에서 명예 문학박사 학위를 받았다. 그러니 베츠먼이 옥스퍼드를 좋아한다는 오든의 말에는 비아냥이 들어 있는 셈이다.

33 브리튼의 오페라 〈피터 그라임스〉는 한 어촌 마을에서 벌어진 일을 다룬다. 피터 그라임스의 조수가 죽고, 마을 사람들은 피터 그라임스가 조수를 죽였다고 생각하지만 그라임스는 무혐의로 풀려난다. 그라임스는 다른 조수를 구해서 풍랑이 심한 바다로 나가는데, 조수의 몸에 상처가 난 걸 본 마을 사람들은 그라임스를 잡으러 간다. 그라임스가 조수를 데리고 피신하는 과정에서 조수가 사고로 죽는 일이 벌어진다. 그라임스가 바다로 나간 후 수색은 잠시 멈추지만, 해안에 쓸려온 조수의 옷을 발견한 마을 사람들은 다시 그라임스를 찾아 나선다. 마을 노인 하나가 나서서 그라임스에게 배를 몰고 바다 가운데로 나가 배와 함께 가라앉을 것을 권하고, 그라임스는 그 말을 따른다.
이 작품은 조지 크랩George Crabbe의 시 〈더 보로The Borough〉의 한 부

분을 각색한 것인데, 작품의 배경이 되는 마을은 원작자 크랩의 고향이기도 하고, 브리튼이 살고 있던 영국 동부의 바닷가 마을인 알브르의 1830년대와 상당한 유사성을 지니고 있다.

34 빅토리아 시대의 오페라 대본작가인 길버트(W. S. Gilbert, 1836-1911)와 작곡가 아서 설리반(Arthur Sullivan, 1842-1900). 두 사람은 1871년에서 1896년에 걸쳐 열네 편의 코믹 오페라 작업을 함께 했다. 20세기 음악극에 큰 영향을 끼쳤다는 평가를 받는다.

35 로렌스 올리비에(Laurence Olivier, 1907-1989)를 일컫는다. 60여 년 동안 그리스 고전부터 셰익스피어, 그리고 현대 미국과 영국 드라마를 모두 연기했다. 영국 국립극장의 초대 예술감독을 역임했다.

36 존 길거드(John Gielgud, 1904-2000)를 말한다. 따뜻하고 표현력이 강한 목소리로 유명했다. 동료 배우 알렉 기네스는 그의 목소리를 "비단으로 감싼 은제 트럼펫"에 비유하기도 했다.

37 알렉 기네스(Alec Guinness, 1914-2000)를 말한다.

38 Glyndebourne. 영국 런던의 유서 깊은 오페라하우스.

39 Samuel Taylor Coleridge(1772-1834). 윌리엄 워즈워드와 더불어 영국 낭만주의를 대표하는 시인이자 문학비평가. 앞서 인용된 구절은 콜리지가 1820년 혹은 1821년에 기록한 메모의 한 부분이다. 《Vision and Experience in Coleridge's Notebooks》에 수록되어 있다.

40 Old Vic. 이 극장은 1818년에 'Royal Coburg Theatre'라는 이름으로 처음 지어졌고, 1898년부터 'Royal Victoria Hall'이라는 이름을 얻으면서 'Old Vic'으로 불리기 시작했다. 이 극장은 처음에 지어질 때부터 비주류의 극장으로 간주되었기 때문에 심각한 드라마는 올리지 않는 것이 불문율이었다.

예술하는 습관

1판 1쇄 찍음 2021년 11월 1일
1판 1쇄 펴냄 2021년 11월 10일

지은이 앨런 버넷
옮긴이 고영범
그린이 장종완
펴낸이 안지미

펴낸곳 (주)알마
출판등록 2006년 6월 22일 제2013-000266호
주소 04056 서울시 마포구 신촌로4길 5-13, 3층
전화 02.324.3800 판매 02.324.7863 편집
전송 02.324.1144

전자우편 alma@almabook.com
페이스북 /almabooks
트위터 @alma_books
인스타그램 @alma_books

ISBN 979-11-5992-351-7 04800
ISBN 979-11-5992-244-2 (세트)

알마는 아이쿱생협과 더불어 협동조합의 가치를 실천하는 출판사입니다.

종이 표지_비비칼라 180g/㎡ 본문_그린라이트 100g/㎡

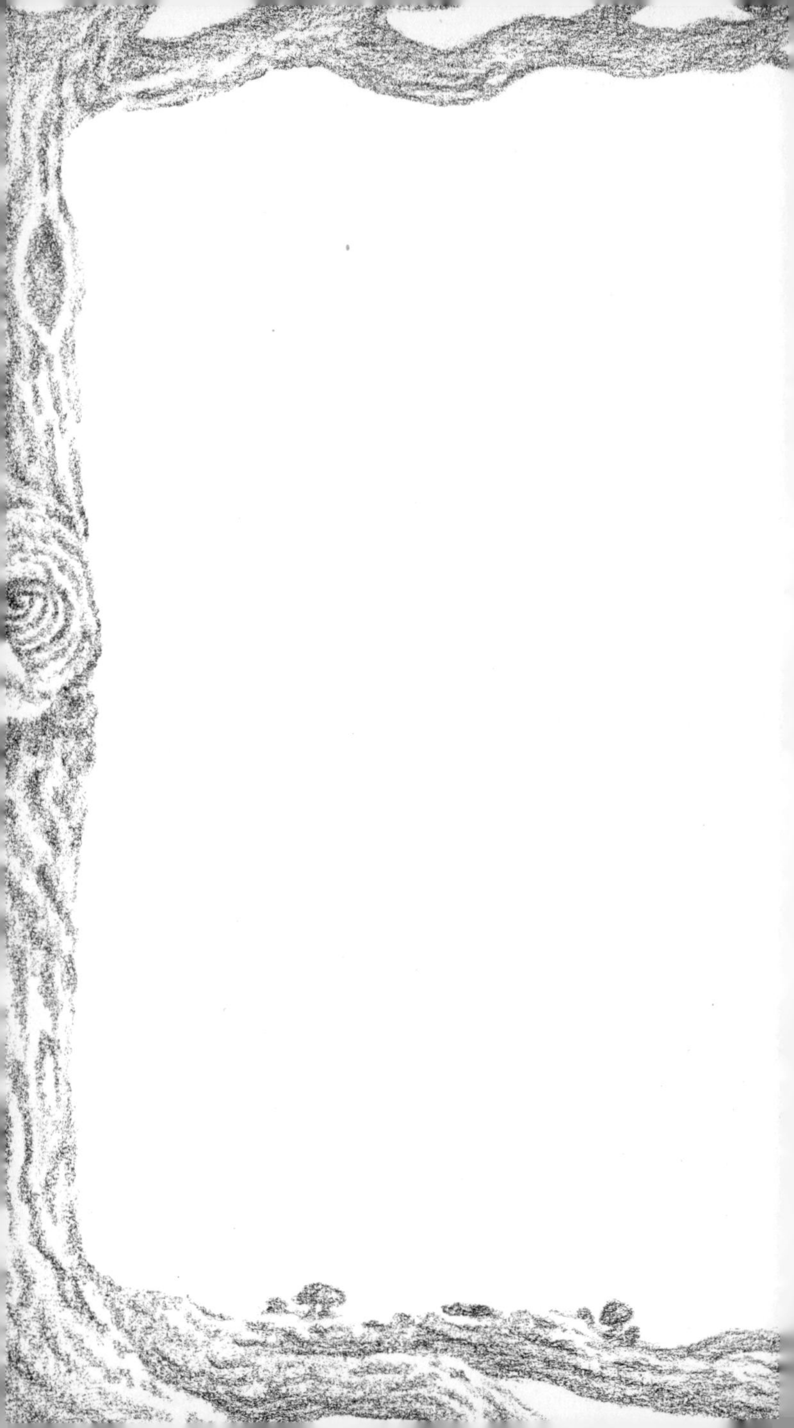